DAVID STUART DAVIES

AS NOVAS AVENTURAS DE SHERLOCK HOLMES

O MANUSCRITO DOS MORTOS

Abajour
BOOKS

São Paulo, 2017
www.abajourbooks.com.br

AS NOVAS AVENTURAS DE SHERLOCK HOLMES
O MANUSCRITO DOS MORTOS

Copyright© Abajour Books 2017
Todos os direitos para a língua portuguesa reservados pela editora.
A Abajour Books é um selo da DVS Editora Ltda.

Nenhuma parte dessa publicação poderá ser reproduzida, guardada pelo sistema "retrieval" ou transmitida de qualquer modo ou por qualquer outro meio, seja este eletrônico, mecânico, de fotocópia, de gravação, ou outros, sem prévia autorização, por escrito, da editora.

Tradução: McSill Story Studio
Capa: Spazio Publicidade e Propaganda
Diagramação: Schäffer Editorial

Dados Internacionais de Catalogação na Publicação (CIP)
(Câmara Brasileira do Livro, SP, Brasil)

Davies, David Stuart
    As novas aventuras de Sherlock Holmes :
o manuscrito dos mortos / David Stuart Davies ;
[tradução McSill Story Studio]. -- São Paulo :
Abajour Books, 2017.

    Título original: The scroll of the dead.

    1. Ficção inglesa 2. Ficção policial e de
mistério 3. Holmes, Sherlock - Ficção
4. Manuscritos (Papiro) - Ficção 5. Médiuns -
Ficção 6. Watson, John H. (Personagem fictício)
I. Título.

16-08433   CDD-823

        Índices para catálogo sistemático:
    1. Ficção : Literatura inglesa   823

SUMÁRIO

PRÓLOGO 5

CAPÍTULO UM
UM INSPETOR VISITA 21

CAPÍTULO DOIS
SIR CHARLES FALA 29

CAPÍTULO TRÊS
AS CENAS DOS CRIMES 35

CAPÍTULO QUATRO
UM ACONTECIMENTO INESPERADO 45

CAPÍTULO CINCO
MAIS REVIRAVOLTAS 51

CAPÍTULO SEIS
TRABALHO NOTURNO 63

CAPÍTULO SETE
UM INTERLÚDIO CAMPESTRE 71

CAPÍTULO OITO
O SEGREDO DO CHALÉ 81

CAPÍTULO NOVE
COMPLICAÇÕES 91

CAPÍTULO DEZ
OS ENGANADORES, ENGANADOS 99

CAPÍTULO ONZE
SHERLOCK HOLMES EXPLICA 111

CAPÍTULO DOZE
UMA VISITA A CEDARS 119

CAPÍTULO TREZE
A CAMINHO 129

CAPÍTULO QUATORZE
A ILHA GREBE 139

CAPÍTULO QUINZE
A PERSEGUIÇÃO 149

CAPÍTULO DEZESEIS
A MAIOR AVENTURA DE TODAS 161

CAPÍTULO DEZESETE
EPÍLOGO 165

PRÓLOGO

O destino tem uma maneira estranha de criar uma série de eventos que inicialmente não parecem estar de modo algum conectados e, no entanto, em retrospectiva, pode-se discerni-los como elos ardilosos de uma corrente arcana. Meu amigo, o Sr. Sherlock Holmes, geralmente era muito astuto não só na observação, mas também na previsão dessas questões. Na verdade, era parte de sua habilidade como detetive. No entanto, no caso do Manuscrito dos Mortos, mesmo ele, em um primeiro momento, não conseguiu ver a relação entre um conjunto de ocorrências estranho e singular que nos envolveu em um de nossos casos mais desafiadores.

Para contar a história na íntegra, devo referir-me a minhas anotações detalhando um período de cerca de doze meses antes dos assassinatos e do roubo do manuscrito. O primeiro elo em nossa corrente foi forjado no início de maio, no ano seguinte ao retorno de Holmes de suas andanças no exterior após o incidente Reichenbach. Era uma terça-feira escura e sombria, se me lembro bem, um daqueles dias que o fazem pensar que foi enganado pela luz do sol nos dias anteriores e que a primavera afinal ainda não chegou. Eu estivera em meu clube a maior parte da tarde jogando bilhar com Thurston. Saí às cinco, justo quando o dia tenebroso rastejava para a noite solene, e voltei para a Baker Street. Servi-me de um forte conhaque, uma compensação por perder feio para Thurston, e sentei-me em frente a meu amigo ao lado de nossa lareira. Holmes, que virava as páginas de um jornal de forma desconexa, repentinamente largou-o com um suspiro e dirigiu-se a mim de forma lânguida e casual:

– Gostaria de me acompanhar esta noite, Watson? – Ele murmurou, com um brilho malicioso iluminando seu olhar. – Tenho um compromisso em Kensington, onde deverei comunicar-me com os mortos.

– Certamente, meu caro amigo – respondi tranquilamente, bebericando meu conhaque e esticando minhas pernas diante do fogo.

Holmes percebeu minha expressão impassível e explodiu em um ataque de riso.

– Um toque, um toque inegável – ele riu. – Bravo, Watson. Está desenvolvendo uma boa facilidade para a dissimulação.

– Tive um bom professor.

Ele ergueu as sobrancelhas, fingindo surpresa.

– No entanto – acrescentei incisivamente –, é mais provável que eu esteja me acostumando a suas declarações ultrajantes.

Ele sorriu irritantemente e esfregou as mãos.

– Declarações ultrajantes. Ora, ora. Eu falo nada além da verdade.

– Comunicar-se com os mortos – observei com incredulidade.

– Uma sessão espírita, meu caro.

– Certamente está brincando – disse eu.

– Na verdade não. Tenho um compromisso com o Sr. Uriah Hawkshaw, médium, vidente e guia espiritual, ainda esta noite, às nove e meia em ponto. Ele me garante que se esforçará para fazer contato com minha querida e falecida tia Sophie. Posso levar um amigo.

– Eu não sabia que você tinha uma tia Sophie... Holmes, há mais aí do que parece.

– Astuto como sempre – Holmes sorriu, enquanto deslizava o relógio do bolso do colete. – Ah, bem a tempo para me lavar e barbear antes de sair. Você está comigo?

* * *

PRÓLOGO

Algum tempo depois, enquanto sacudíamos pelas ruas escurecidas de Londres em uma carruagem, Holmes ofereceu a explicação adequada para a estranha excursão desta noite:
— Estou fazendo um favor para meu irmão, Mycroft. Um membro de sua equipe, sir Robert Hythe, perdeu recentemente seu filho em um acidente de barco. O rapaz era o xodó do pai e sua morte afetou muito sir Robert. Aparentemente, ele estava recém aceitando sua perda trágica quando este sujeito, Hawkshaw, o contatou e afirmou que recebia mensagens espirituais do menino.
— Que absurdo!
— Meus sentimentos também, Watson. Mas, para um pai aflito, tais alegações são as palhas a que se agarra instintivamente. Em desespero, a lógica é esquecida e substituída por esperanças e sonhos selvagens. Aparentemente, o Sr. Uriah Hawkshaw é um vigarista muito convincente...
— Vigarista?
— Assim acredita Mycroft. Ele é um desses charlatães espiritualistas que despojam os fracos e enlutados de suas riquezas em troca de um show de fantoches incompreensível. Mycroft está preocupado com até que ponto esta situação pode se desenvolver. Hythe está a par de muitos dos segredos do governo e, puramente em um nível pessoal, meu irmão faz questão de que o sujeito não deva ser enganado mais.
— Qual é seu papel na questão?
— Devo desmascarar esse fazedor de fantasmas pelo que ele é: uma fraude e um enganador.
— Como?
— Ah, isso deve ser bastante fácil. De acordo com minhas pesquisas, há muitas maneiras pelas quais esses indivíduos podem ser expostos. Realmente, Watson, tem sido um empreendimento muito instrutivo. Desfrutei completamente da investigação deste assunto sombrio. Meus estudos me levaram por várias avenidas apreendidas e diversas, incluindo uma visita ao professor Abraham Jordan, perito em línguas indígenas norte-americanas. Está claro agora para mim que, para que o desmascaramento seja alcançado de forma convincente, tem de ser

feito enquanto o dissimulado esteja no ato de seu negócio nefasto, na atuação, por assim dizer, com suas infelizes vítimas presentes.

— Sir Robert estará presente esta noite?

— De Fato. Estes espetáculos não são exclusivos. Os urubus juntam muita carniça em uma sessão para seu espólio. A propósito, sou Ambrose Trelawney. Minha querida tia Sophie faleceu há pouco mais de um ano. Sem dúvida, esta noite receberei uma mensagem da velha querida. — Holmes riu na escuridão.

Eu não compartilhava da diversão de meu amigo nesta questão. Nem por um momento eu tolerava a existência desses espíritos errantes com um apetite por se comunicarem com o mundo encarnado, mas ao mesmo tempo eu simpatizava, de fato empatizava, com essas criaturas tristes que, nas profundezas do desespero de perder alguém querido para eles, esticavam os braços para a escuridão em busca de consolo e conforto. Holmes, ao que parecia, não contemplara os danos psicológicos que poderiam incorrer pela destruição de tais crenças. Assim como estes charlatães, ele preocupava-se apenas com sua própria mágica. Para mim, enquanto me recostava no cabriolé em movimento, não podia deixar de pensar em minha querida Mary e o que eu daria para ouvir sua doce voz novamente.

Dentro de um curto espaço de tempo, percorríamos as rodovias seletas de Kensington. Enquanto eu olhava pela janela do cabriolé para as casas elegantes, Holmes percebeu minha linha de pensamento.

— Ah, sim, há dinheiro no negócio de fantasmas, Watson. O Sr. Hawkshaw leva a vida de um homem rico.

Momentos depois, paramos diante de uma grande casa geminada georgiana que tinha o nome "Pavilhão Fronteiriço" em uma placa de bronze no poste do portão. Holmes pagou o cocheiro e tocou a campainha. Fomos admitidos por um criado negro e alto, vestido com um terno mal ajustado de aspecto repulsivo. Ele falou em um tom áspero e duro, como se lhe houvesse sido proibido levantar a voz acima de um sussurro. Ele tomou nossos casacos e nos levou ao "santuário": este era uma sala sombria na parte de trás da casa, iluminada apenas por velas. Quando entramos, um homem magro, de cabelo cor-de-areia, com cerca de cinquenta anos adiantou-se e agarrou a mão de Holmes.

PRÓLOGO

– Sr. Trelawney – disse ele em um tom untuoso e desagradável. Holmes assentiu seriamente.
– Boa noite, Sr. Hawkshaw – ele respondeu de forma hesitante, inclinando a cabeça brevemente enquanto falava.
A atuação havia começado.
– Fico muito feliz que minha secretária pudesse acomodá-lo em nossa sessão. As vibrações vêm crescendo durante o dia todo; sinto que faremos contatos muito especiais esta noite.
– Espero que sim – respondeu Holmes com ansiedade trêmula.
Hawkshaw olhou ironicamente para mim sobre o ombro de meu amigo. Vi naquelas orbes lacrimejantes uma espécie de avareza de aço que me enojou.
– E este é...? – Ele perguntou.
Antes que eu tivesse chance de responder, Holmes respondeu por mim:
– Este é meu criado, Hamish. Ele é meu companheiro constante – Holmes sorriu docemente em minha direção e acrescentou: – Mas ele não fala muito.
Com toda a graciosidade que consegui reunir, dei um aceno de reconhecimento a Hawkshaw antes de virar-me para Holmes, que ignorou meu olhar e continuou a brilhar calorosamente.
– Deixe-me apresentar-lhe meu outro... visitante. – Hawkshaw hesitou na última palavra como se não fosse exatamente o termo apropriado a usar mas, por outro lado, ele estava bem ciente de que o termo "cliente" soaria deselegante e mercenário. Virou-se e chamou das sombras um homem esguio e de aparência distinta, com uma fina cobertura de cabelo grisalho e um ajeitado bigode militar.
– Sir Robert Hythe, este é o Sr. Ambrose Trelawney. – Holmes apertou sua mão e o cavaleiro abaixou a cabeça em vaga saudação. Como mero criado, fui excluído da rodada de apresentações.
– Temos grandes esperanças de alcançar o filho de sir Robert esta noite – cantarolou Hawkshaw, com o rosto móvel e simpático, enquanto os olhos se mantinham frios e rochosos.
– Certamente – comentou Holmes calmamente, observando sir Robert com atenão. O homem ficou obviamente envergonhado com

a declaração de Hawkshaw e suas feições delicadas registraram um momento de dor antes de caírem novamente em repouso vazio. Eu ouvira falar algo sobre a notável carreira militar e política de sir Robert e por isso me pareceu estranho, até mesmo incongruente, que este indivíduo corajoso, digno e astuto pudesse cair tão facilmente nas garras avarentas de uma criatura como Hawkshaw. Esse, eu supunha, era o poder enfraquecedor do luto que entorpecia as faculdades de raciocínio.

Assim que veio uma pausa desconfortável na conversa empolada, a porta se abriu e uma mulher de cabelo escuro, com um vestido vermelho-vinho entrou e correu para o lado de Hawkshaw.

– Meus caros, nosso último convidado chegou.

O médium sorriu com prazer e se virou, e nós também, para contemplar o estranho que se encontrava no limiar da sala. Era um homem jovem, alto e com o rosto um tanto rechonchudo, ainda na casa dos vinte anos. Ele estava vestido com um paletó de veludo preto, com um grande e pendente laço no pescoço, e seu longo cabelo loiro descia até tocar a gola do paletó.

– Cavalheiros – disse Hawkshaw grandiosamente –, permitam-me apresentar o Sr. Sebastian Melmoth.

O rosto pálido do jovem torceu-se em um leve sorriso de saudação. Eu ouvira falar desse tal Melmoth. Ele tinha a reputação de ser um dândi dissoluto, um dos degenerados admiradores do decadente Oscar Wilde. Havia contos de suas indulgências em vários atos desagradáveis de devassidão, até mesmo rumores de que ele já se envolvera com magia negra e outras abominações; mas isso era fofoca no meu clube nas horas tardias quando os tacos de bilhar estavam de volta em suas prateleiras e os charutos e o conhaque eram saboreados. Olhando agora para aquele suave rosto de alabastro, sensível, quase belo na penumbra, parecia ter toda a vulnerabilidade e a esperança da juventude; mas havia nos grandes lábios carnudos um riso arrogante que sugeriria crueldade e desprezo.

Saudações superficiais foram trocadas e eu brevemente segurei a carne fria e lânguida de Melmoth quando apertamos as mãos. Ao contrário de Holmes, eu frequentemente julgo meu próximo não

PRÓLOGO

pelo punho do casaco ou o joelho da calça, mas por instintos; e, irracionais como os instintos possam parecer para meu amigo científico, sei que não só não gostei nem confiei no Sr. Sebastian Melmoth, mas também senti que havia algo intrinsecamente mau nele.

A Sra. Hawkshaw, pois ela usava o vestido cor-de-vinho, colocou um cilindro de cera no gramofone e a música fraca e etérea de algum compositor desconhecido para mim flutuou no ar. Todas, exceto uma vela, foram apagadas e fomos convidados a tomar nossos lugares. O próprio médium sentou-se à cabeceira da mesa em uma cadeira escura e ornamentada com a forma de um trono medieval. Sua esposa estava sentada a seu lado: eu estava ao lado dela, em seguida, sir Robert, Holmes e, próximo a ele, Melmoth.

Houve um minuto de silêncio durante o qual ninguém falou. Sentamo-nos mudos e expectantes na penumbra estígia. Apesar da ponta amarela da chama, meus olhos podiam divisar pouco além dos rostos pálidos, tensos e expectantes em torno da mesa. Finalmente, a música estridente parou e a Sra Hawkshaw nos abordou:

– Cavalheiros, hoje à noite meu marido tentará ir além dos limites frágeis desta vida terrena e contatar nossos entes queridos que partiram de seus corpos encarnados. – Ela falou em tom monótono e plano, como se recitasse algum canto fúnebre. Precisei de toda minha energia para conter minha indignação com tal absurdo.

– Não posso reforçar mais veementemente que é imperativo que façam exatamente o que eu disser – continuou ela –, caso contrário, esta reunião terminará em fracasso e poderiam colocar em risco a vida de meu marido.

Olhei para Hawkshaw. Ele parecia estar dormindo, de olhos fechados, com a cabeça pendendo sobre o peito.

– Agora, por favor, deem as mãos com as pessoas sentadas em ambos os lados e coloquem-nas sobre a mesa. – Ela fez uma pausa enquanto nós obedecíamos em silêncio uníssono.

– Obrigada. Agora devemos esperar um pouco para que o guia espiritual atravesse.

Sentado na penumbra oscilante, contemplei esta situação ridícula: como era triste que aqueles indivíduos não pudessem aceitar a vitória final da morte e como era desprezível que indivíduos como Hawkshaw explorassem sua fraqueza por moedas.

Parecia que estávamos sentados lá por cerca de dez minutos, ouvindo apenas a respiração pesada de Hawkshaw e, na verdade, eu sentia minhas próprias pálpebras caírem e meu corpo também começar a render-se ao sono quando, de repente, da escuridão veio o som de canto de pássaros. Era claro e definido e tão próximo que eu podia imaginar alguma criatura de penas esvoaçando em círculo ao redor da mesa, as asas flutuando perto de nossos rostos. O som veio acompanhado por um frio distinto no ar que encheu a sala. A vela escorria descontroladamente, jogando sombras deformadoras sobre as feições pálidas de meus companheiros. Dava a impressão estranha de que seus rostos estavam de alguma forma derretendo, mudando e sendo reformados. A atmosfera intensa e a escuridão estavam mexendo com minha imaginação, como certamente elas foram projetadas para fazer. Respirei fundo e balancei a cabeça para me livrar de tais imagens desagradáveis e irreais.

Por fim, o canto dos pássaros dissipou-se. Quando fez isso, o gramofone começou mais uma vez, enchendo a câmara com sua melodia estranha e crepitante. Como estávamos todos de mãos dadas, uma força invisível deve ter posto a máquina em movimento.

– Os espíritos estão trabalhando – entoou a Sra. Hawkshaw, como se em resposta à pergunta que estava em meus lábios.

No brilho fraco da vela solitária, eu discerni que os rostos dos outros estavam intensos, nenhum mais do que o de Holmes, que olhava com determinação para a escuridão além da piscina âmbar e frágil de iluminação. Era como se ele esperasse ver algo tangível nas sombras variantes. E de fato ele o fez. Todos nós o fizemos. Houve um farfalhar estranho e, em seguida, vislumbrei à luz da vela um brilho de metal. Momentos depois, ele veio novamente e então apareceu, pairando sobre a cabeça de Hawkshaw, o que parecia ser uma trompa de bronze. Brilhava como uma miragem na luz bruxuleante.

Voltei a olhar para Holmes: primeiro um sorriso cínico havia tocado seus lábios, mas agora ele parecia perturbado com o que vira. Seu olhar de preocupação atingiu um tom de inquietação em meu próprio

PRÓLOGO

peito. Será que eu estivera errado o tempo todo a zombar de tais assuntos? Será que os mortos podiam realmente se comunicar conosco, os vivos? Minhas mãos ficaram úmidas com esse pensamento.

A trompa pairou no ar por um tempo, movendo-se suavemente acima da cabeça de Hawkshaw, em seguida, lentamente ela recuou para a escuridão, desaparecendo de vista.

– Os espíritos estão prontos para falar – a Sra. Hawkshaw nos informou em um tom monótono e abafado.

Esta simples afirmação com sua terrível importação colocou medo em meu coração. As certezas com as quais eu entrara na sala haviam lentamente se dissipado. Eu presenciara fenômenos inexplicáveis e sentira o mundo do irreal. O que, eu me perguntava, viria a seguir?

Hawkshaw, que estivera como uma estátua a sonhar, de repente ficou de pé, com os olhos bem abertos e as narinas dilatadas. Um som engasgado emanou de sua boca e, em seguida, ele gritou com uma voz profunda, escura e estrangeira:

– O que é que quer de mim?

Hawkshaw respondeu à pergunta em sua própria voz:

– É Nuvem Negra?

Houve uma pausa antes que a resposta viesse:

– Sou Nuvem Negra, chefe da tribo Santee, guerreiro da grande nação Sioux.

– É nosso guia espiritual esta noite?

Houve um momento de hesitação nesta conversa macabra antes que a voz estranha emergisse de Hawkshaw mais uma vez, seus lábios mal se movendo:

– Há muitos aqui que estão satisfeitos e estão em paz. Eles não têm mensagens para o outro mundo.

– Nuvem Negra, por favor, ajude-nos novamente como o fez no passado. Nossos caros amigos no círculo aqui perderam entes queridos. Eles precisam de conforto. Eles precisam de tranquilização.

– Quem é que procuram?

A Sra. Hawkshaw virou-se para sir Robert e indicou que ele deveria falar.

Com uma ansiedade que não mostrava nenhuma restrição, sir Robert se inclinou sobre a mesa em direção a Hawkshaw:
— Nigel. Desejo falar com meu filho Nigel.
Houve uma longa pausa. Senti meus próprios nervos tensos de expectativa e, em seguida, veio um som, suave e gentil como o farfalhar de seda. Era como se alguém estivesse sussurrando na escuridão.
— Nigel? — Latiu sir Robert em tom de desespero.
— Pai. — A resposta foi abafada e estridente, mas inconfundivelmente aquela de um jovem.
Um olhar de surpresa gravou-se nas feições de Sherlock Holmes. Com o rosto ligeiramente para a frente, ele olhava desesperadamente para a escuridão.
— Nigel, meu menino, é você mesmo?
— Sim, pai.
Sir Robert fechou os olhos e seu peito arfava com a emoção.
— Não chore por mim, pai — a voz andrógina aconselhou. — Estou feliz aqui. Estou em paz.
Lágrimas agora escorriam pelo rosto do cavaleiro enquanto ele lutava para manter suas fortes emoções em cheque.
— Devo ir agora, pai. Venha novamente e conversaremos mais. Adeus. — A voz desapareceu e os sussuros retornaram brevemente antes que cessassem também.
— Nigel, por favor, não vá ainda. Fique, por favor. Tenho tantas perguntas a fazer. Fique, por favor.
— Os espíritos não serão comandados por você. Fique contente que tenha feito contato. Haverá outras vezes. — Era Nuvem Negra falando mais uma vez.
Antes que sir Robert pudesse responder, Holmes dirigiu-se ao médium:
— Nuvem Negra, posso fazer uma pergunta?
Houve um silêncio abrupto antes de haver uma resposta.
Por fim, ela veio na mesma forma empolada e escura:
— Pode perguntar.
— Nuvem Negra, é chefe da tribo Santee? Isso está correto?
— Eu sou.

PRÓLOGO

Holmes então falou em uma língua que eu nunca ouvira antes: um dialeto gutural e em staccato que ele enunciou com grande deliberação. Presumi que ele falava a língua dos Santee. Quando ele terminou, houve uma pausa desconfortável. Holmes repetiu algumas palavras nesta língua estranha e, em seguida, voltou para o inglês:

— Ora vamos, não me diga que não compreende a língua de sua raça — ele disse com autoridade fria.

Não houve resposta de Nuvem Negra.

— Talvez então seja melhor eu interpretar para você. Chamei-lhe de fraude sem escrúpulos, Hawkshaw. Detalhei os métodos pelos quais realizou seus truques de mau gosto...

— Sr. Trelawney, por favor... — Esta interrupção veio de sir Robert.

— Acompanhe meu raciocínio, senhor. Não é suspeito que um índio Santee não consiga entender sua própria língua nativa, a língua na qual me dirigi a ele?

Enquanto Holmes falava, Hawkshaw caiu de cabeça em cima da mesa como em um desmaio.

— Agora, veja o que fez — gritou a esposa do homem, inclinando-se sobre o marido.

— Outra tática diversionista, não tenho nenhuma dúvida — retrucou Holmes, pulando de seu assento. — Vamos lançar alguma luz sobre o assunto, não é? Notei o interruptor elétrico mais cedo... — Com um movimento hábil, ele inundou a sala com luz brilhante. O resto de nós estava atordoado demais para se mover quando ele passou por cima da mesa e abriu as cortinas para revelar o criado negro, encolhido lá, segurando a trompa de bronze que víramos anteriormente, flutuando no ar. Atrás dele, as portas de vidro estavam abertas. Holmes fechou-as rapidamente para impedir a fuga do criado.

Meu amigo virou-se para nós, com um sorriso de triunfo em seus lábios.

— Tenho certeza de que todos sentiram o frio no início da sessão. Uma janela deixada aberta é a explicação simples. Quanto ao sussurro, o gramofone auto-operado e a trompa flutuante, nosso amigo aqui simplesmente atravessou as cortinas e fez os ruídos, pôs a máquina em movimento, enquanto que com suas luvas pretas segurou a trompa onde pudesse ser vista e ele não. Isso não está correto?

O negro, cabisbaixo, murmurou em acordo.

– Quanto ao resto, uma facilidade para o mimetismo e a ventriloquia são os únicos talentos do Sr. Hawkshaw. O senhor admitirá, sir Robert, que a voz que ouviu não soava muito como seu filho.

O cavaleiro, cujo rosto era reservado e abatido à luz brilhante, parecia estar em estado de choque.

– Suponho que... eu queria que soasse como Nigel.

– De Fato. A realização de desejos é o maior aliado destes charlatães.

– Como se atreve! – Gritou a Sra. Hawkshaw, acariciando a cabeça do marido. – Veja como o afetou com sua calúnia.

– Tenho certeza de que ele terá uma recuperação completa – retrucou Holmes, agarrando a gola do paletó de Hawkshaw, puxando-o da mesa e batendo-lhe calorosamente nas costas. Quando ele fez isso, um objeto metálico pequeno voou da boca do médium. – Ele acabou de engolir um pássaro a mais.

Peguei-o e examinei-o.

– Um dispositivo ardiloso: é um apito pio de pássaros; daí os sons aviários que experimentamos antes.

– Muito inteligente, senhor – observou Sebastian Melmoth suavemente, acendendo um charuto preto. – Realizou um grande serviço para todos nós.

Holmes curvou-se brevemente e então virou-se para o médium e sua esposa que, com dificuldade para lidar com sua exposição, abraçavam-se em miserável desespero.

– Agora, sugiro que devolvam qualquer dinheiro que tenham recebido destes cavalheiros e então será hora de calarem seu espetáculo falso para sempre. Se eu souber que vocês estão praticando suas charadas desprezíveis novamente, isso se tornará um caso de polícia. Entendido?

Quase em uníssono os Hawkshaws assentiram silenciosamente.

Melmoth riu alegremente.

PRÓLOGO

– O senhor mesmo apresenta um belo espetáculo, Sr. Trelawney. Bravo.

Holmes sorriu friamente.

– Neste caso, os enganadores foram enganados. Não sou o Sr. Trelawney. Sou Sherlock Holmes.

* * *

Era uma semana mais tarde quando uma conclusão estranha para este episódio foi encenada em nossos aposentos da Baker Street. Já era tarde, cerca da hora em que um homem pensa em ir para a cama com um bom livro. Holmes passara a noite fazendo uma série de anotações para uma monografia sobre os usos da fotografia na detecção do crime e estava em um estado de espírito jovial. Um sorriso fino havia suavizado suas feições magras durante suas preocupações. Eu estava prestes a dar-lhe boa noite quando nossa campainha tocou lá embaixo.

– Muito tarde para uma visita social. Deve ser um cliente – disse Holmes, verbalizando meus próprios pensamentos.

Em instantes, houve uma batida discreta a nossa porta e nosso visitante entrou.

Era Sebastian Melmoth.

Ele estava vestido praticamente da maneira como o víramos pela última vez e segurava uma garrafa de champanha. Holmes pediu-lhe que se sentasse.

– Desculpe-me por vir em uma hora tão tardia, mas é minha intenção há alguns dias visitá-lo, Sr. Holmes, e esta foi minha primeira oportunidade.

Meu amigo deslizou no assento e colocou seus dedos pontudos sobre os lábios.

– Estou intrigado – disse ele preguiçosamente.

Melmoth, quase ignorando minha presença, levantou a garrafa como se fosse um troféu.

– Um pequeno presente para o senhor, Sr. Holmes, em gratidão. – Ele colocou-a aos pés de meu amigo.

Holmes levantou uma sobrancelha inquisidora.

– Por expor aquele canalha, Hawkshaw. Eu ouvira tantos bons relatos sobre o indivíduo, que eu realmente acreditava que finalmente encontrara o artigo genuíno.

– Seus agradecimentos são descabidos, Sr. Melmoth. Não é nem pobre, nem enlutado e, portanto, todos os benefícios que recebeu de minha pequena apresentação no "Pavilhão Fronteiriço" são pura coincidência.

Os frios olhos azuis de Melmoth brilharam enigmaticamente e ele se inclinou para a frente, com o rosto rechonchudo e jovem endemoniado na luz-sombra.

– Dinheiro significa pouco para mim, Sr. Holmes; e o senhor está bastante certo. Não estou, no momento, enlutado. No entanto, sou sério em minha pesquisa e o senhor selou com sucesso uma avenida de investigação para mim.

Eu não podia mais reter minha curiosidade:

– Posso perguntar exatamente que tipo de pesquisa o senhor persegue? – Perguntei.

Melmoth se virou para mim como se acabasse de tomar conhecimento de minha presença.

– A investigação sobre a morte – disse ele suavemente. – A vida além da vida.

Minha expressão confusa levou-o a expandir sua resposta.

– Sou da nova era no pensamento científico, doutor Watson. A morte é um mistério medieval, um mistério que pode ser resolvido, que deve ser resolvido. Não acredito que nos empertigamos e nos esforçamos nesta esfera mortal apenas para misturamo-nos ao esquecimento. Há mais do que isso. Tem de haver mais. Como Oliver Lodge e aqueles que pensam como ele, eu acredito que a vida, como a conhecemos, é apenas o começo, o ponto de partida. Falo não do céu como prescrito pelas escrituras, aquela terra de fadas no céu, mas de uma porta pela qual passamos para a imortalidade.

Aquecido com sua exposição, com as bochechas coradas e o queixo tenso, ele se levantou e abriu os braços.

PRÓLOGO

– Deem um passeio no East End nesta cidade, cavalheiros. Vejam a pobreza lá, o sofrimento, a degradação aberta. Os seres humanos vivem e se comportam como animais na sujeira e na imundície. Isso é a vida? Convenhamos, senhores, tem de haver mais. Existe uma chave. Em algum lugar há uma chave para desbloquear o segredo de tudo. O senhor, Holmes, lida com os males da sociedade; o senhor, doutor, prescreve para as doenças do corpo. Assim seja; mas eu procuro além desses interesses mesquinhos.
– Acredita que pode alterar o curso natural dos acontecimentos? – Disse Holmes.
Melmoth balançou a cabeça.
– O que o senhor chama de natural só é considerado como tal por ignorância. A morte é natural, eu lhe dou isso, mas o fim da vida não é. Que o estado de ser cessa com a chegada do caixão de enterro seja aceito pelos ingênuos, porque nunca foi contestado. Nenhuma doença conhecida pelo homem teria sido curada se alguém não a tivesse desafiado. Nós ainda viveríamos em cavernas se não houvesse aqueles que desafiassem as crenças aceitas e levassem os limites adiante. Não acredito que a morte seja o fim. Seu poder pode e será conquistado.
– De repente, ele parou no meio do fluxo, como se percebesse que talvez tivesse falado demais. Seu rosto abriu-se em um sorriso largo e desagradável e sua voz caiu para um sussurro sibilante como uma cobra: – Asseguro-lhes, cavalheiros, de que estou certo.
Com esta observação de despedida, ele se curvou de uma forma teatral e foi-se da sala.
– O sujeito é louco – eu disse, quando o ouvi retinir pela escada.
Holmes olhou para as brasas na lareira.
– Se pelo menos fosse tão simples assim, Watson.

CAPÍTULO UM

UM INSPETOR VISITA

Já foi dito muitas vezes e, na verdade, eu fui um dos que o disseram, que Sherlock Holmes, o famoso detetive consultor, foi o campeão da lei e da ordem de sua época. No entanto, ao refletir, posso afirmar que isso é apenas parcialmente verdade. O crime de fato fascinava Holmes, mas, quando se tratava de resolvê-lo, ele era muito seletivo. Eu estava presente quando ele rejeitou inúmeros apelos e súplicas para resolver um mistério em particular apenas baseado no fato de que simplesmente não era interessante o suficiente. Os delitos que intrigavam meu amigo caprichoso tinham de carregar a marca do seleto antes que ele contemplasse envolver-se em oferecer uma solução. Ele amava o trabalho de detetive por si mesmo, mas o trabalho de detetive tinha de representar um dilema incomum ou não lhe fornecia nenhum interesse.

Assim foi na primavera de 1896, quando, depois de um período de muito pousio, ele devorava notícias de atividade criminosa relatadas na imprensa diária na esperança de avistar algum enigma intrigante para satisfazer suas necessidades. Eu o ajudava todas as manhãs nesta busca ao apontar o que eu considerava serem crimes de interesse intelectual.

– O que você considera estimulante para o cérebro dedutivo, Watson, está muito aquém de meu ideal – ele comentava depreciativamente. – "Artista de sala de música estrangulado no camarim" não apresenta desafio cerebral algum. Um caso de ciúme e intoxicação. Sem dúvida, até mesmo os homens da Scotland Yard poderiam lidar com isso em um só dia!

– Você viu a reportagem do The Chronicle do assassinato de sir George Faversham, o notável arqueólogo?

Holmes tirou o cachimbo da boca e fez uma pausa.

– Itens roubados da casa da família?

– Nada de valor real levado.

– Ah – ele zombou. – Roubo comum com consequências homicidas.

Eu joguei o jornal.

– Eu desisto – gritei. – Não há obviamente nada que o satisfará.

Holmes me deu um sorriso débil.

– Bem, pelo menos estamos de acordo neste ponto. – Seus olhos se dirigiram para a gaveta em sua escrivaninha onde eu sabia que ele ainda mantinha o arrumado estojo de couro contendo a seringa hipodérmica.

– E isso também não é a resposta – disparei.

Por um momento, Holmes pareceu surpreso e então um sorriso sonhador tocou seu rosto. Ele percebeu que eu o vencia em seu próprio jogo, lendo seus pensamentos. A ideia o divertiu tanto que ele explodiu em uma gargalhada. Sua alegria era tão contagiante que logo eu ria junto com ele. Estávamos tão envolvidos em nosso próprio divertimento que deixamos de tomar conhecimento da batida insistente na porta de nossa sala de estar. Momentos depois, ela se abriu hesitantemente e o inspetor Hardcastle da Yard estava em nossa soleira. Holmes trabalhara com Hardcastle em duas investigações no passado, nomeadamente o caso das roupas chinesas desaparecidas. Ele era um homem de Yorkshire sisudo que era metódico e detalhista ao invés de inspirado em seu trabalho policial. Ele parecia muito desconcertado com nosso comportamento relaxado.

– Se venho em um momento inconveniente, cavalheiros... – disse ele, um pouco eriçado, sem saber se era a causa de nosso divertimento.

– Nem um pouco, Hardcastle – gritou meu amigo, ainda rindo.

– É sempre um prazer receber a visita de um de meus amigos da força oficial. – Ele mostrou ao homem da Scotland Yard uma cadeira. – Sente-se, meu caro amigo, e não fique tão desanimado. Semanas de inatividade amoleceram meu cérebro. É realmente um colírio para os olhos, especialmente se tiver um caso para nós.

O inspetor, com a incerteza ainda nublando suas feições, fez como lhe foi ordenado. Ele era um homem alto e musculoso com um grande rosto oval incrustado de grandes olhos cinzentos e tristes e um nariz quebrado. Seu cabelo preto, rebocado com creme, parecia que acabara de ser colocado em sua cabeça. Agarrando seu chapéu-coco firmemente em suas mãos grandes, ele se sentou desajeitadamente na cadeira em frente a nós.

– Tem um caso para nós? – Perguntou Holmes languidamente, com o humor mudando rapidamente.

– Algo que pensei que possa interessá-lo – disse Hardcastle, com o equilíbrio ainda não restaurado.

– Espero que não seja algo já relatado nos jornais – observou Holmes, reacendendo o cachimbo com uma brasa brilhante do fogo. – Não é o mágico estrangulado na sala de música de Henty?

– Certamente que não – retrucou Hardcastle, indignado. – O jovem Kingsley está nesse caso. Apostei meu dinheiro em Roland Reilly, o "Vagabundo Irlandês com uma Voz de Ouro".

– Tenho certeza de que está certo. Ouvi dizer que, quando bebe, ele tem uma raiva gigantesca. No mundo confinado do artista da sala de música, os mais pequenos deslizes e invejas mesquinhas ficam ampliados além de toda a razão. Pergunto-me como não há um banho de sangue todas as noites.

Hardcastle olhou com curiosidade para meu amigo, esforçando-se para verificar se Holmes falava sério ou ainda gentilmente o provocava.

– Vamos, vamos – disse Holmes, girando a mão como um condutor o faz para aumentar a velocidade da música –, ouçamos sobre seu caso, Hardcastle.

– Houve um arrombamento no Museu Britânico.

– Isso é tudo? – Gemeu Holmes, caindo para trás na cadeira.

– Há mais do que isso.

– Melhor que haja. O que foi roubado: alguma cerâmica medieval ou algumas quinquilharias pertencentes a Henry VIII talvez?
– Chegarei nisso em um momento. Foi um trabalho muito profissional. Uma operação de dois homens.
– Como sabe disso?
O rosto do inspetor iluminou-se.
– Porque eles foram tolos o suficiente para deixar pistas para trás, Sr. Holmes. Encontramos dois conjuntos de pegadas lamacentas perto da cena do crime e, antes que pergunte, não poderiam ter sido de qualquer outra pessoa porque o piso é limpo após o fechamento.
Holmes levantou as mãos em sinal de rendição simulada.
– São dois homens então, Hardcastle.
– O arrombador e o especialista, eu diria.
– Especialista? – Perguntei.
– Sim, doutor Watson. Quem quer que fosse sabia exatamente o que queria. Ele tinha o maldito museu inteiro para roubar e eles só levaram uma coisa.
Holmes inclinou-se um pouco à frente, agora interessado.
– Qual foi essa "uma coisa"?
– Um documento em papiro, um manuscrito, eu acho.
– Ah, da sala de egiptologia.
– Isso mesmo. Cheia daquelas múmias antigas e estátuas com cabeça de cão e similares.
– E – disse Holmes – várias bugigangas de ouro e outros objetos de arte muito preciosos que teriam sido muito mais fáceis e mais rentáveis de liquidar do que um documento antigo e esfarelado.
– Precisamente, Sr. Holmes.
– Bem, Watson, o que isso lhe sugere?
– Um colecionador. O item a ser adicionado a sua coleção particular, para sua própria exposição pessoal.
Meu amigo sorriu.
– Um colecionador muito determinado.
– Mais determinado do que se imaginaria – disse Hardcastle. – Determinado o suficiente para matar pelo saque.
– Quem?

– O guarda de segurança noturno.
– Como?
– Tiro na cabeça à queima-roupa.
– Realmente.
– Com uma pistola Derringer.
– Como pode ter tanta certeza? – Perguntei.
Em resposta, Hardcastle procurou no bolso e tirou um saco de veludo escuro atado com um cordão de fechar em cima. Abrindo o saco, ele permitiu que o conteúdo deslizasse sobre a mesa pequena perto de Holmes. Era uma pequena pistola de prata Derringer que brilhava à luz do fogo.
– O assassino deixou-a cair ao realizar sua fuga.
– Descuidado da parte dele – disse Holmes, tomando um cachimbo de barro de haste longa da prateleira sobre a lareira. Deslizando a haste através do anel do gatilho, ele levantou a pistola para examiná-la.
– Uma arma cara... prata trabalhada... uma compra recente... – Ele murmurou esses comentários mais para si mesmo do que para nós.
– Lembrei-me de seu próprio sistema de verificação de impressões digitais, Sr. Holmes – disse Hardcastle ansiosamente. – Foi assim que conseguiu preparar uma armadilha para Fu Wong, mas acredito que não encontrará nenhuma nessa arma.
– Claro que não. Este sujeito teria usado luvas. – Ele cheirou a arma, que tinha um punho de couro marrom finamente trabalhado, e depois examinou o cano. – Usada apenas uma vez. Não é o tipo de arma de fogo geralmente associada com roubo e a classe de arrombadores que encontramos antes, hein, Watson?
– É uma arma de senhoras – funguei.
– Mas ela faz o trabalho de um homem. – Holmes levou-a para a janela e, tomando sua lupa da escrivaninha, examinou de perto a Derringer. Finalmente, ele voltou para sua cadeira e, deslizando-a no saco de veludo, entregou-a de volta ao inspetor.
– Alguma coisa, Sr. Holmes?
Holmes apertou os lábios e balançou a cabeça.
– Muito pouco. O proprietário é um homem jovem com cabelo loiro, tem gostos caros, é um pouco extravagante por natureza, é arro-

gante e extremamente confiante. E ele provavelmente é mentalmente instável.
Os olhos do inspetor se arregalaram.
– Como diabos chega a essas conclusões?
– Um fino cabelo loiro preso no anel do gatilho me dá a coloração e a idade e há o aroma fraco de água-de-colônia de cavalheiros ainda persistente no punho de couro. O proprietário obviamente manuseou a arma enquanto seus dedos ainda estavam úmidos com o perfume e ele penetrou nas finas fendas do couro trabalhado. Para um aroma conservar-se tão persistente, esta fragrância em particular não poderia ter sido comprada por menos de cinquenta xelins o frasco, o que indica tanto o gosto caro quanto a natureza extravagante. O fato de que só havia uma bala na arma sugere que nosso jovem vilão estava extremamente confiante de que apenas uma bala seria necessária para o feito. Isso também tem gosto de uma notável arrogância. A probabilidade de que esse sujeito se adornou com uma cara água-de-colônia antes de sair para cometer um crime horrendo implica que ele vê o assassinato quase como um evento social, o que me sugere um certo elemento de instabilidade mental.
– Extraordinário – murmurou Hardcastle. Eu não tive certeza se ele se referia à capacidade de Holmes de preencher tantos detalhes sobre o assassino a partir de um breve exame de sua arma ou ao caráter do assassino como meu amigo o havia descrito.
– Esses poucos detalhes podem ser de assistência conforme o caso avança mas, neste momento, eles não nos levam muito longe. Suspeito que a verdadeira ajuda virá ao descobrirmos mais sobre a natureza do item que foi roubado.
Hardcastle não parecia convencido.
– Como eu disse, Sr. Holmes: era apenas um documento de papiro velho coberto com escrita antiga.
– Hieróglifos – eu disse.
O rosto do policial enrugou-se de desgosto.
– Assim parece, doutor. Devo admitir que me sinto muito mais familiarizado com o furto de moeda, pedras preciosas roubadas ou um simples caso de assassinato do tipo atirar ou esfaquear.

Os olhos de Holmes brilharam maliciosamente.

– E levou cerca de quarenta e oito horas para descobrir que é fundo demais para si nesse problema. Ah, não negue, inspetor. A deterioração da pólvora no cano me diz que faz cerca de dois a três dias que foi disparada; e, muito sinceramente, meu velho, a profundidade dos sulcos em sua testa nos falam de um problema cansativo, um que está consigo há vários dias e não um que lhe tenha sido imposto da noite para o dia. Agora é segunda-feira de manhã. Eu estimaria que o assalto ocorreu na sexta-feira à noite. Estou certo?

Hardcastle assentiu silenciosamente.

– Mas não houve nenhuma menção do crime na imprensa – disse eu.

– Conseguimos mantê-lo fora dos jornais – Hardcastle respondeu. – Precisávamos de um tempo para verificar os vários negociantes que lidam com este tipo de mercadoria especializada antes que a imprensa ficasse sabendo.

– O "Empoeirado" Morrison e sua turma?

O inspetor assentiu.

– Isso mesmo, Sr. Holmes. Acompanhamos todas as trilhas conhecidas dentro e fora da galeria de suspeitos, mas atingimos uma rua sem saída em todas elas.

– Quanto vale este documento? – Perguntei.

Hardcastle deu de ombros.

– Realmente não se pode pôr um preço nele. Para o senhor ou para mim, doutor, seria bastante sem valor, mas para um apreciador deste tipo de coisas, não tem preço. – De repente, o policial tensionou-se para a frente, seu rosto se contorcendo em uma careta de dor como se estivesse sofrendo de dor de dente aguda. – Para ser honesto, isso está além de minhas possibilidades, Sr. Holmes. Realmente espero que possa encontrar uma maneira de derramar alguma luz sobre o assunto.

– Ficaria feliz em fazê-lo, Hardcastle – disse Holmes, lançando-me um olhar de soslaio. – Sabe que fico sempre feliz em ajudar a força oficial sempre que eu for capaz.

O policial sorriu e seu corpo relaxou.

– Isso é maravilhoso – disse ele. – Tenho um cabriolé me esperando. Se fizer a gentileza, podemos ir ao Museu Britânico agora. Sir Charles Pargetter, o curador da seção de egiptologia, pode explicar-lhe tudo sobre este maldito papiro.

– Excelente – gritou Holmes, jogando longe seu roupão. – Está comigo, Watson?

– Certamente.

– Então, meu caro, pegue seu casaco, chapéu e bengala e vamos acompanhar nosso amigo aqui ao Museu Britânico!

CAPÍTULO DOIS

SIR CHARLES FALA

— Claro, já fui um habitué deste edifício nobre. Quando cheguei pela primeira vez em Londres, trilhando meu caminho no mundo, eu tinha aposentos na Montague Street e muitas vezes eu vinha aqui para estudar na sala de leitura, que também tinha o benefício adicional de ser acolhedora e livre. – Assim anunciou Sherlock Holmes quando, juntamente com o inspetor Hardcastle, passamos pelos grandes portões do museu e nos aproximamos das oito enormes colunas jônicas que ficam, como sentinelas, diante de sua entrada.

Uma vez dentro, Hardcastle assumiu a liderança e nos levou para o escritório de sir Charles Pargetter. Para chegar a ele, tivemos de passar para além da área pública do museu. Neste ponto, um membro da segurança de grandes bigodes verificou demoradamente as credenciais do policial antes de permitir que progredíssemos adiante. Em seguida, descemos por uma série de corredores silenciosos, estreitos e mal iluminados até que, finalmente, chegamos a uma porta que tinha o nome do homem que estávamos lá para encontrar.

Hardcastle bateu com força. Houve uma breve pausa e, em seguida, uma voz estridente, tingida com irritação, gritou:

— Entre.

Encontramo-nos em uma sala luminosa e arejada com uma janela grande e sem cortinas que dava para a ala noroeste do museu. A sala estava abarrotada de estantes, todas transbordando, e o chão estava coberto com vários documentos e cadernos. Sir Charles estava de pé atrás de uma grande mesa de carvalho, inclinado para a frente, examinando um mapa antigo através de uma lupa. Ele não olhou para nossa entrada, mas continuou a fitar, hipnotizado, o mapa.

Com deliberação, Holmes bateu a porta. Isto quebrou concentração do homem e, proferindo um grunhido de irritação, ele olhou para nós. Ele era um homem pequeno, rechonchudo na aparência, com brilhantes olhos azuis que reluziam por trás de um par de óculos de armação de metal. Ele era careca, mas o cabelo do lado da cabeça, arenoso na cor, salpicado de cinza, destacava-se confuso, como se estivesse explodindo livre do couro cabeludo.

– Ah, inspetor Horncastle – disse ele, com os olhos se estreitando, enquanto ele tomava conhecimento de seus outros dois visitantes.

– Hardcastle, senhor – corrigiu o inspetor.

– Realmente. – Sir Charles acenou com a lupa em nossa direção. – Não me diga que apreendeu os culpados finalmente?

Hardcastle, que foi incapaz de perceber o tom de ironia nesta observação, parecia um pouco desanimado.

– Não, senhor. Este é o Sr. Sherlock Holmes e seu colega, o doutor Watson.

À menção do nome de meu amigo, sir Charles largou a lupa, saiu de trás da mesa e agarrou sua mão calorosamente.

– Ah, Sherlock Holmes. Veio em nosso auxílio, espero.

– Farei tudo o que puder.

Sir Charles acenou com a cabeça atenciosamente enquanto apertava minha mão também.

– Realmente, é tudo o que se pode fazer na vida. Somos colocados na Terra para realizar uma série de tarefas, sejam elas quais forem, humildes ou exaltadas, e cabe a todos nós realizá-las no melhor de nossa capacidade. Hein, inspetor?

Hardcastle assentiu e inclinou-se sobre o outro pé. Ele não tinha tempo para essas sutilezas filosóficas; ele insistiu em continuar com o assunto em questão:

– O Sr. Holmes está aqui para saber mais sobre o roubo – disse ele, sem rodeios.

— De fato. Como posso ajudar?

— Preciso saber mais sobre a natureza do documento roubado antes que eu possa construir quaisquer teorias que poderiam servir de base para nossa ação — disse Holmes.

— Entendo. Muito bem, sentem-se, cavalheiros... podem precisar mover alguns de meus papéis para fazê-lo. Isso mesmo. Bom. Que coisa, não parece haver uma cadeira para o senhor, inspetor.

— Estou muito bem em pé, senhor — veio a resposta abafada.

Agora sentado atrás de sua mesa, o pequeno homem estava quase reduzido por ela. Ele tirou os óculos e limpou-os com um enorme lenço azul.

— Devem perceber, cavalheiros — ele disse —, que ainda estou em luto pela perda do manuscrito. Era bastante singular. Ah, mas deixem-me começar pelo começo. — Ele recolocou os óculos e recostou-se na cadeira. — Em 1871, dois arqueólogos britânicos, sir George Faversham e sir Alistair Andrews descobriram uma tumba no Alto Egito contendo quarenta múmias. Elas estavam espalhadas e em diferentes estados de deterioração. Algumas, que haviam sido transferidas de outras tumbas, estavam escondidas em uma passagem secreta vertical. Uma múmia, em um sarcófago improvisado, foi descoberta em um poço engenhoso que corria em ângulos retos a essa passagem. Uma proteção contra ladrões de túmulos, devem entender. Esta, descobriu-se, era a múmia da rainha Henuttawy.

— Ela tinha apenas vinte e um ou vinte e dois anos quando morreu. Sabemos que ela era esposa de Pinedjem I, o primeiro rei da vigésima primeira dinastia. Ele era servido pelo sumo sacerdote Setaph, que envolvia-se com magia negra e que dizia-se ser a reencarnação de Osíris, deus dos mortos. A história conta que Pinedjem estava tão perturbado com a morte de sua jovem esposa que ele implorou a Setaph que executasse sua magia para trazê-la de volta à vida. Devem entender que os antigos egípcios acreditavam na vida após a morte. Uma vez que a morte os tomasse, eles tinham de atravessar o submundo, uma região escura e perigosa, antes de atingirem a felicidade final.

— Nos campos de junco.

— Realmente, Sr. Holmes, o equivalente a nosso paraíso. A viagem para a vida após a morte era auxiliada pela inclusão na tumba de certos artefatos e necessidades úteis para a jornada e para a "vida" do outro lado. Incluído com esses itens estava o manuscrito dos mortos, folhas de papiro cobertas com textos mágicos e também vinhetas, encantamentos, por assim dizer, para ajudar os mortos a atravessarem os perigos do submundo e chegarem aos campos de junco de forma segura.

— Então, Pinedjem não queria que Henuttawy empreendesse essa viagem em particular. Ele a queria viva de novo: viva e respirando, com ele, para desfrutar dos prazeres desta vida. Então ele implorou, e sem dúvida ameaçou, a Setaph que criasse um novo manuscrito dos mortos contendo encantamentos que, efetivamente, venceriam a morte. — Aqui sir Charles fez uma pausa e permitiu-se um sorriso.

— Não é uma tarefa fácil para qualquer homem. No entanto, como sugeri anteriormente, Setaph envolvia-se com magia negra e supostamente tinha Osiris a seu lado, por isso ele foi capaz de atender às exigências postas sobre ele. No entanto, seu manuscrito dos mortos nunca foi usado, pois quando foi descoberto pelos deuses que ele havia aprendido o segredo da vida eterna, eles o proibiram de usá-lo. Ordenaram-lhe que destruísse o manuscrito, mas, em vez disso, ele o escondeu, esperando, sem dúvida, usá-lo ele mesmo um dia. Infelizmente para Setaph, a morte alcançou-o antes que ele pudesse valer-se de seus poderes. Sob suas instruções, os sacerdotes do templo sepultaram-no em um local secreto, com todos seus artefatos e documentos, incluindo o manuscrito. Setaph era um homem astuto e ele acreditava plenamente que havia descoberto o processo mágico que transcenderia a morte. Apesar de ter sido proibido pelos deuses de usá-lo, ele não ia deixar seu fantástico segredo morrer consigo. Assim, ele deixou um rastro notável para que alguém com a mesma imaginação engenhosa que ele seguisse, descobrisse sua própria tumba secreta que contém o manuscrito dos mortos. Ele colocou detalhes de seu paradeiro na tumba de sua amada amante Henuttawy.

— O manuscrito dos mortos de Setaph é uma das mais procuradas relíquias egípcias de todas. Ninguém o viu na era moderna, mas há evidência do mundo antigo de que ele existe.

– Então este não era o documento que foi roubado? – Perguntei.
Sir Charles sacudiu a cabeça.
– Quando o sarcófago de Henuttawy foi aberto, descobriu-se que sua múmia estava em extraordinário estado de conservação e, escondido entre as dobras das bandagens, estava um papiro. Foi com isso que os ladrões fugiram na semana passada.
– Qual é o conteúdo do papiro? – Perguntou Holmes, cujo rosto havia permanecido imóvel durante a fala de sir Charles.
– É um documento escrito em uma estranha cifra peculiar: o código do próprio Setaph. Os hieróglifos são distorções daqueles usados no período da vigésima primeira dinastia e há também adições inventadas por Setaph. O que sabemos é que ele foi escrito pelo próprio Setaph. Ele assinou e marcou com sua insígnia pessoal: o meio escaravelho. Este papiro parece dar instruções para a localização de sua própria tumba.
– É uma espécie de mapa, então? – Perguntei.
Sir Charles sorriu para mim.
– Em termos simples, doutor, sim. É claro que há passagens relacionadas à filosofia de Setaph e algumas dedicatórias de lealdade a Pinedjem e Henuttawy. Referências a Osiris também são feitas, mas o todo permanece um mistério...
– Incluindo a localização do túmulo de Setaph – disse Holmes.
– Sim.
– Então, isso poderia muito bem ser o motivo para roubar o documento: descobrir o local de sepultamento escondido.
Sir Charles deu de ombros.
– Foi um furto extravagante. Ambos os arqueólogos que descobriram o documento foram incapazes de dar qualquer sentido real ao mesmo e, desde então, de tempos em tempos, ele foi examinado por homens qualificados, egiptólogos notáveis, que pensavam ter a chave.
– Quando é que ele foi analisado desta forma pela última vez?
– Não há algum tempo, eu acho. Dez anos possivelmente. Eu poderia descobrir se o senhor considerar que seja importante.
– Pode ser – disse Holmes, pensativo. – Suponhamos por um momento que os responsáveis pelo roubo do papiro sejam capazes de interpretar as mensagens nele, descobrir o código do mapa e, por

isso, procurar a tumba de Setaph. O que eles ganhariam para tanto trabalho?

– Muito pouco de riqueza material. Setaph era, afinal, apenas um sumo sacerdote. Haverá alguns itens de ouro, várias relíquias do altar e ornamentos, mas pouco mais em bens materiais. – Aqui sir Charles fez uma pausa e, inclinando-se sobre a mesa, baixou a voz quase a um sussurro. – Haverá, é claro – disse ele –, o mágico manuscrito dos mortos de Setaph.

CAPÍTULO TRÊS

AS CENAS DOS CRIMES

— Só pudemos manter a galeria egípcia fechada por um dia após o crime, sob o pretexto de uma auditoria de parte da coleção; por mais tempo, tenho certeza de que os repórteres dos jornais teriam farejado algo no ar.

Sir Charles Pargetter explicou isso quando estávamos no limiar da galeria egípcia que agora continha cerca de meia dúzia de visitantes a passear, olhando para as várias exposições. A sala era dividida em três seções, que compreendiam uma série de caixas de vidro para exposição, várias contendo os corpos marrons e esfarrapados de múmias antigas, bem como daquelas que exibiam muitos belos objetos esculpidos e artefatos preciosos daquela civilização notável que floresceu no alvorecer do tempo. Bem acima de nós, em um friso ao redor da parede e suavemente iluminada pela nova luz elétrica, ficava uma série de cenas da vida egípcia antiga.

— Qual foi sua preocupação com a história do roubo ser impressa nos jornais? – Perguntei.

— Nenhum museu gosta de admitir que perdeu um de seus tesouros, doutor. Isso dissuadiria potenciais benfeitores e qualquer história como essa atuaria como uma propaganda para a fraternidade criminosa: venha para o Museu Britânico e roube, é tão fácil.

– Também era de nosso interesse, como expliquei – acrescentou o homem da Scotland Yard.

– Como é que os homens entraram, Hardcastle?

Em resposta à pergunta de meu amigo, o policial apontou para o telhado da câmara. Instaladas no teto curvo, ficavam três grandes claraboias retangulares que forneciam a principal iluminação da sala.

– Eles forçaram uma delas a abrir e desceram com uma corda; e voltaram pelo mesmo caminho. Ao sair, eles descuidadamente deixaram cair a corda e a encontramos enrolada no chão sobre a caixa de Henuttawy.

Holmes olhou para cima para as claraboias e depois de volta para sir Charles.

– Onde está a caixa?

– Por aqui, cavalheiros, por favor – respondeu o egiptólogo, levando-nos para o corredor central e parando no meio do caminho diante de uma caixa de vidro posicionada sozinha. – A rainha Henuttawy – ele anunciou com um grande gesto. Senti uma pontada incômoda na parte de trás de meu pescoço enquanto eu olhava para baixo para os restos desta jovem que estivera viva mais de três mil anos atrás. O rosto fortemente pintado estava em um estado fantástico de preservação, parecendo uma máscara com falsos olhos de ébano colocados nas órbitas vazias, fixos em um olhar escuro e vazio. Uma peruca de Medusa pesada derramava-se em torno de sua cabeça encolhida. O comprimento do corpo estava coberto de ataduras marrons em decomposição.

– Ela não é linda? – Disse sir Charles, radiante.

– Devo admitir – disse Hardcastle sério – que ela não é exatamente minha ideia de beleza.

Holmes se agachou e lentamente circulou a caixa, parando de vez em quando, com o nariz contra o vidro para examinar a múmia ali dentro. Finalmente, ele se levantou e apontou para uma parte particularmente irregular do corpo perto da coxa.

– É aqui que o papiro descansava?

A boca de sir Charles abriu-se de surpresa.

– Ora, sim, Sr. Holmes. Que perspicaz de sua parte.

– Está claro que essas ranhuras são relativamente recentes, pois o material mostra vestígios de brancura aqui, e é apenas o vidro do lado de cá da caixa que o senhor teve de substituir. A massa está bastante fresca. Obviamente nosso especialista sabia exatamente onde procurar.

– Presumivelmente – eu observei discretamente –, foi o som de vidro quebrando que alertou o segurança e ele foi assassinado quando veio investigar.

Sir Charles balançou a cabeça seriamente.

– Ah, não, doutor. Ele foi morto em seu escritório.

– Quê!? – Exclamei, olhando para Holmes, que estava igualmente chocado.

– Por que não me contou isso, Hardcastle? – Perguntou meu amigo bruscamente.

O homem da Scotland Yard hesitou, preparando-se para a ira de Holmes.

– Bem – ele gaguejou, com o rosto branqueando –, eu realmente não considerei isso uma característica importante do crime.

Holmes fechou os olhos em desgosto e deu um suspiro irrisório.

– Isso não só nos fornece mais informações sobre os autores do roubo, mas também indica o meio pelo qual ele aconteceu.

Nós todos ficamos em silêncio com a presente declaração, até que sir Charles, com os olhos arregalados por trás dos óculos, disse:

– Bem, esta é a afirmação mais notável. Peço que a exponha.

– Em primeiro lugar, gostaria de examinar o escritório do guarda de segurança, se eu puder.

– Certamente – disse sir Charles. – Siga-me.

* * *

A sala em questão era uma pequena e apinhada câmara, preenchida por uma mesa de madeira robusta sobre a qual havia um fogareiro a gás, duas canecas e diversos itens de equipamento para fazer chá. Quando entramos, um jovem gordinho, rubro de rosto, que estava sentado em uma velha e gasta cadeira de madeira e com os pés sobre a mesa, lendo A Gazeta de Corridas, ficou de pé e torto em atenção.

— Desculpe, sir Charles — ele resmungou com um sotaque do leste londrino, com as bolsas de suas bochechas rosadas reverberando nervosamente com o choque de nossa entrada súbita. — Eu não sabia que vinha, senhor. Estou em meu intervalo do chá agora. — Percebendo que o jornal ainda estava em sua mão, ele rapidamente amassou-o e tentou escondê-lo atrás das costas.

O egiptólogo deu um leve sorriso.

— Está tudo bem, Jenkins. Não estou verificando meu pessoal hoje. Estes senhores estão investigando o roubo do manuscrito de Henuttawy e o assassinato de Daventry e eles desejam examinar a sala onde ele morreu. — Neste ponto, ele parou e virou-se para Holmes. — Jenkins é o guarda diurno regular para esta ala do museu — explicou ele. — Nós ainda não conseguimos substituir Daventry. Suas funções estão sendo compartilhadas pelo resto da equipe noturna no momento.

Holmes acenou com a cabeça e, dando um passo à frente, dirigiu-se ao jovem guarda:

— O senhor encontrou o corpo, Jenkins?

— Hum, sim, senhor. Na manhã de sábado. Eu... eu cheguei às oito da manhã como de costume. No início, tudo parecia tão certo como o sol... até eu chegar aqui. Encontrei-o lá, no tapete. — Ele apontou e todos nós olhamos para o espaço no chão onde, claramente, um tapete havia sido posto. O fraco contorno retangular era visível contra o marrom-escuro das tábuas arranhadas. — Não havia muito sangue, apenas uma mancha escura no lado da cabeça. — As bochechas rechonchudas empalideceram momentaneamente e, em seguida, o jovem permitiu-se um pequeno sorriso afetuoso. — O velho Sammy, que é o Sr. Daventry, o velho Sammy, ele era um bom sujeito. Ele e eu muitas vezes tomávamos uma xícara de chá e batíamos um papo juntos de manhã antes de ele ir para a toca.

— Discutiam corridas, talvez? Escolhiam as melhores apostas para o dia? — Disse Holmes.

Nervoso, Jenkins amassou o jornal atrás das costas e olhou para sir Charles.

— S-sim, senhor.

— Não fique nervoso — continuou Holmes. — Apostar não é contra a lei, apesar de ser uma atividade um tanto imprudente. Na verdade, tenho um amigo que desperdiça uma boa parcela de sua renda na inconstância do turfe.

— Bem, é verdade que nós gostávamos da emoção. Muitas vezes fazíamos uma aposta juntos, mas eu tenho esposa e um jovenzinho a caminho, então eu não ouso arriscar muito, mas o velho Sammy...

— Ele era um grande apostador.

— Sim, senhor.

— E um grande perdedor.

Os fixos olhos castanhos naquele rosto vermelho-maçã esmaeceram e voltaram-se mais uma vez para sir Charles.

Holmes continuou implacavelmente.

— Na verdade, Jenkins, suspeito que seu amigo estava até o pescoço em dívidas. Estou correto?

Jenkins vacilou mais uma vez.

— Diga a verdade, Jenkins — solicitou sir Charles quando o guarda olhou estupidamente para os pés. — Seja o que for que Daventry fez, não reflete em você.

— Bem — disse Jenkins, limpando a garganta, tossindo nervosamente, conforme começou —, pra falar a verdade, o velho Sammy estava afundado com os agiotas. Assustou-me o que ele me contou sobre suas ameaças a ele se ele não pagasse. Ele sempre ria, dizendo que algo sempre ia aparecer.

— E apareceu — disse Holmes, severamente.

— Espere aí, Sr. Holmes, não está sugerindo que o assassinato foi cometido por bandidos agiotas, não é? — Perguntou Hardcastle, com uma nota de incredulidade em sua voz.

Holmes deu um aceno de cabeça.

— Diga-me, Jenkins, onde Daventry mantinha seus pertences particulares?

— Em seu armário, senhor. Cada um de nós tem um. — Ele apontou para o canto da sala onde dois altos armários de metal enferrujados inclinavam-se ebriamente um contra o outro.

Holmes atravessou até eles.

– Qual era o de Daventry?
Jenkins apontou novamente.
Holmes girou a maçaneta.
– Está trancado. Foi aberto desde o assassinato? – Ele fez a pergunta a Hardcastle e todas as cabeças se viraram em sua direção.
O policial deu de ombros com tanta indiferença quanto seu óbvio espanto e mal-estar lhe permitiriam.
– Nós sequer o tocamos. Não é realmente relevante para o roubo... ou o assassinato.
– Onde está a chave? – Exclamou Holmes.
– Imagino que esteja na Yard com o resto dos pertences de Daventry.
– Ah! – Holmes rosnou e mexeu por um momento no bolso do colete, até exibir um pequeno canivete. – Na ausência de uma chave, este kit de arrombamento improvisado terá de ser suficiente.
Assim dizendo, ele inseriu a pequena lâmina no espaço entre a porta e o lado do armário e impôs certa pressão sobre a fechadura.
– Um pouco de conhecimento... e muito mais de força bruta... devem vencer a batalha – ele grunhiu enquanto realizava sua tarefa.
Em menos de um minuto, houve um estrondo reverberante e a porta do armário se abriu.
– Pronto! – Gritou meu amigo.
– O que é tudo isso, Sr. Holmes? – Gritou Hardcastle, inquieto, incapaz de conter sua perplexidade. – Que truques está executando agora?
– Sem truques, asseguro-lhe, inspetor; e explicarei tudo em apenas um momento.
Holmes começou a remexer no armário e, momentos depois, emitiu um grito de triunfo enquanto livrava um pequeno embrulho marrom de seus recessos.
– Aqui – ele gritou, jogando-o para Jenkins. – Desembrulhe isso, meu rapaz, e deleite seus olhos com o conteúdo.
Ao receber um aceno de aprovação de sir Charles, Jenkins começou a tarefa designada. Com dedos nervosos, ele começou a descascar o papel marrom, lentamente no início e depois com excitação febril

conforme a última camada era exposta. Finalmente, o conteúdo do embrulho foi revelado: uma grande bolsa de couro marrom. Holmes tomou-a do rapaz e derramou o conteúdo sobre a mesa. Uma pirâmide irregular de moedas amarelas brilhantes reluziram diante de nós.
– Caramba! – Gritou Jenkins. – Há uma fortuna aqui.
– Alguns diriam que sim, rapaz. – Holmes correu os dedos longos através da pilha e pegou algumas das moedas e segurou-as diante dos rostos espantados de sir Charles e Hardcastle. – Deve haver cem guinéus aqui. Nada mal para uma noite de trabalho. Isso se Daventry tivesse vivido para colher os benefícios de seus ganhos ilícitos.
– Ilícitos? – Eu disse.
– Sim. Esta é a taxa que foi paga a nosso amigo Daventry para deixar entrarem os ladrões no museu e então para fechar os olhos enquanto eles fizessem o que quisessem.
– Quer dizer que ele estava em conluio com os criminosos? – Engasgou-se sir Charles.
– De certa forma. As dívidas de um indivíduo têm o hábito de se tornarem conhecidas em certos círculos. Aqueles com a necessidade de saber podem facilmente descobrir essas coisas. Em tais circunstâncias, há pouca dificuldade de subornar um homem que está desesperado por dinheiro.
– Subornar?
– Sim, inspetor. Holmes apontou para a pilha de soberanos. – Esta soma principesca foi oferecida a Daventry para ajudar no roubo do papiro de Henuttawy.
– Então está dizendo que eles simplesmente entraram, levaram o papiro e saíram novamente, enquanto Daventry segurava a porta para eles.
– Sim, de certa forma. Muito civilizado, hein?
– Mas e a corda e as pegadas?
– Pistas falsas para desviá-los. O método de entrada e saída foi muito obviamente presenteado a nós. Estávamos sendo conduzidos pelo nariz a acreditar que os crimes foram cometidos por dois assaltantes experientes, mas comuns. Pense, homem. Como eles subiram no telhado em primeiro lugar? Certamente que sua presença lá te-

ria atraído a atenção de outros policiais? – Holmes olhou para sir Charles para confirmar isso e recebeu um aceno hesitante de acordo. – Seus homens estiveram no telhado para verificar essas coisas, Hardcastle?
– Enviei dois policiais lá em cima. Mas eles não encontraram nada.
– Não foi até lá o senhor mesmo?
– Ora, não. Não achei que havia qualquer motivo. – O inspetor parecia perplexo.
– Neste caso o senhor estava certo. Não teria encontrado nada lá. As claraboias podem ser abertas de dentro utilizando uma vara longa de janela concebida para isto. Eu observei duas na sala de egiptologia. Então é uma tarefa simples soltar um rolo de corda sob tal claraboia aberta e deixar algumas pegadas de lama falsas para criar a impressão de que dois homens haviam caído dos céus, tomado um documento precioso e ascendido como anjos negros.
– Se é assim, por que se dar a todo esse trabalho?
Holmes sorriu.
– Para turvar as águas, para ajudar a disfarçar a identidade dos invasores. O que temos aqui, cavalheiros, não é um simples crime, mas o roubo ardiloso de um item da antiguidade com um assassinato a sangue frio meramente como uma questão secundária desafortunada. As pistas absurdas da corda e das pegadas seriam desnecessárias se o único objeto da operação fosse roubar o manuscrito. Mas elas foram necessárias para os autores: elas faziam parte de seu jogo, para aumentar a emoção do risco e para ridicularizar as autoridades. Estou convencido de que estes indivíduos tinham toda a intenção de atirar no guarda de segurança antes de colocarem os pés no edifício. O assassinato foi gratuito, adicionando um frisson extra de prazer a suas façanhas noturnas.
– Se o que diz é verdade, então estamos lidando com loucos – retrucou sir Charles.
– Até certo ponto, concordo consigo. Que criminosos normais deixariam para trás seu suborno de cem guinéus, quando haviam assassinado seu receptor? Conforme nossos antagonistas o compreen-

diam, eles estavam apenas seguindo as regras perversas de seu contrato com Daventry: estavam pagando por serviços prestados. Não importava se o sujeito estava morto ou não. Eles haviam honrado o acordo. Homens ricos, assim, e, de fato, contaminados pela loucura. Antes que sir Charles pudesse responder, Hardcastle levantou um dedo indignado em direção ao rosto de meu amigo.

– Isto é mera suposição – ele retrucou.

Holmes sacudiu a cabeça.

– Considere as evidências – ele respondeu suavemente. – Primeiro: a maneira óbvia em que pistas foram deixadas para indicar o meio de entrada. Foi muito simplista. A operação foi realizada com tal desenvoltura que essas pistas foram deixadas como sinais desajeitados em um jogo infantil. Para um investigador experiente como eu, é claro que elas foram plantadas. Isso foi feito a fim de turvar as águas e confundir as questões. Uma artimanha bem-sucedida, pois três dias depois o senhor ainda desconhece os culpados e o motivo. Em segundo lugar: o objeto do crime, o roubo de um papiro obscuro, só pode realmente ser de interesse a especialistas, a indivíduos, indivíduos estranhos, que desejam o item desesperadamente, para o fim que for, e estão dispostos a matar por isso. Em terceiro lugar: o fato de que o segurança foi baleado em seu próprio escritório indica que de alguma forma ele estava envolvido no crime. A única real necessidade de matá-lo se mostraria se ele houvesse surpreendido os invasores enquanto eles estivessem em meio a sua tarefa nefasta. Nesse caso, teria havido uma luta resultando em uma matança um tanto confusa, o que realmente não é o estilo de nossos vilões. Lembre-se de que não houve luta e havia apenas uma bala na arma. Daventry morreu porque confiava no homem que o havia subornado. Ele foi como um cordeiro no matadouro: o assassino, muito provavelmente, só veio até o guarda, com a pequena arma na mão, e disparou assim...

Holmes demonstrou colocando dois dedos nas têmporas de Jenkins. O jovem gemeu e caiu em sua cadeira.

– Muito claramente, Daventry estava "por dentro" do roubo e isso criaria apenas um cúmplice a mais neste caso. Acredito que este seja o trabalho de uma mente brilhante, mas sádica, alguém que esteja obcecado e desesperado o suficiente para querer o manuscrito para si mesmo. Não será repassado a outros. Por que mais ele mataria um guarda de segurança tolo e empobrecido? A fim de que não houvesse nenhuma possibilidade, embora remota, de que alguém seria capaz de rastreá-lo. Nosso vilão é uma criatura astuta e perigosa.

– Retornou ao singular, Sr. Holmes. Pensei que houvesse dito que havia dois deles envolvidos neste negócio – disse Hardcastle suavemente.

– Não nego que havia dois malfeitores que perpetraram este crime audacioso, mas a concepção e a finalidade... – Ele fez uma pausa e virou seu olhar acerado ao inspetor. – Há somente um cérebro por trás deste caso e ele é tão pervertido quanto é inteligente.

– Quem é esse idealizador, então? – Perguntou Hardcastle. – Não pode culpar o professor Moriarty desta vez.

Holmes olhou para o inspetor de polícia friamente.

– Uma de suas observações mais astutas, Hardcastle. Quem quer que seja a pessoa com que estamos lidando tem algo do engenho, da ousadia e, eu temo, do sangue-frio do professor. Um homem de grande inteligência e um homem a temer.

CAPÍTULO QUATRO
UM ACONTECIMENTO INESPERADO

O calendário de corridas cheio de anotações na parede e as cópias descartadas da Gazeta de Corridas na mesa me informaram que Jenkins e Daventry eram homens de apostas e, como bem sabe, Watson, apostadores raramente têm algo no bolso.

Eu balancei a cabeça com um sorriso.

Meu amigo riscou um fósforo e aplicou-o a seu cachimbo. Por um breve momento, densas nuvens cinzentas obliteraram seu rosto. Agora fazia algumas horas desde que deixáramos o Museu Britânico e estávamos de volta mais uma vez em nossos aposentos da Baker Street. As lâmpadas a gás haviam recém sido acesas conforme o dia de primavera começava a desaparecer. Holmes, envolto em seu roupão azul, estava satisfeito consigo mesmo e com um humor comunicativo.

– Não acho – disse ele, jogando o fósforo para trás da grade da lareira – que serão necessários muitos dias até este caso ser finalizado.

– Mas há tantas perguntas sem resposta.

– Eu posso respondê-las.

– Realmente – eu disse roucamente, tentando conter a nota de incredulidade em minha voz.

– Não há realmente nenhum grande mistério, Watson.

– Então, quem é o culpado? Quem é o ladrão?

Holmes sorriu.

– Considere o problema objetiva e logicamente. Um manuscrito foi roubado. Outros artefatos, mais valiosos, foram ignorados em favor deste papiro incompleto e fragmentado. Portanto, o manuscrito foi roubado por seu conteúdo singular em vez de por seu valor intrínseco.

– Bem, sim, compreendo isso, mas realmente tudo o que continha era alguns escritos obscuros sobre a localização do túmulo de Setaph.

– E seu manuscrito dos mortos.

– Mas que uso tem isso? Os especialistas tentaram resolver o enigma e descobrir o paradeiro desse manuscrito dos mortos e falharam. Que chance tem outra pessoa?

Sherlock Holmes emitiu um leve gemido.

– Watson, Watson – disse ele com um pouco de paixão –, amplie as fronteiras do pensamento. Não permaneça sempre dentro do possível ou do provável. Considere também o incerto, o improvável... e o óbvio.

– O óbvio – eu repeti, balançando a cabeça. – Temo que eu tenha me perdido.

– O manuscrito contém um código. Um código é apenas um meio de apresentar informações de uma forma oculta. A fim de aproveitar-se desta informação, do que você precisa?

– Da chave.

– Exatamente. Como já foi dito, Setaph era um homem astuto e sagaz. Ele tinha plena consciência do perigo de que comuns ladrões de túmulo saqueassem a tumba de Henuttawy e encontrassem o papiro que dava detalhes de seu próprio local de descanso e a localização de seu manuscrito mágico. Assim, a fim de proteger seu segredo e prover um quebra-cabeça que somente o inspirado buscador da vida além da morte poderia resolver, ele criou seu próprio código. Mas, para esse código tinha de haver uma chave e ele colocou a chave, provavelmente outro manuscrito simples, em um outro lugar pronto para ser descoberto pelo escolhido, aquele indivíduo especial que será capaz de utilizar seus "segredos da imortalidade".

– E você acha que nosso ladrão está em posse da chave para a mensagem de Setaph?

– Sim, e, portanto, este manuscrito que está definhando no Museu Britânico há anos passa a ter grande importância para ele. É essencial que ele o possua.

– Acho que tudo isso seja possível.

– Arrá, agora você levou seu pensamento além das limitações dos dados disponíveis.

– Talvez – eu disse –, mas ainda não sei como tal chave poderia ser obtida.

– Eu frequentemente leio sobre antiguidades egípcias que aparecem em antiquários na cidade. Mercadorias contrabandeadas que são compradas e vendidas por comerciantes inescrupulosos, a maioria dos quais não seria capaz de distinguir ícones egípcios dos da civilização asteca. É um comércio de curiosidades antigas que já existe há séculos.

– E você acha que o manuscrito-chave chegou a uma dessas lojas que você mencionou e foi pego por alguém que conhecia seu valor real?

Ele assentiu com a cabeça.

– É uma possibilidade. Uma com a qual podemos jogar para ver aonde nos leva.

– Parece uma conclusão um tanto fantástica.

– Bobagem: ela se encaixa com todos os fatos conhecidos. Se nosso ladrão é o homem que eu acho que é, ele terá empregado agentes para manter vigilância sobre tais lugares no caso de algo suculento aparecer... qualquer coisa com a marca de Setaph: o meio escaravelho

– Tem certeza?

– Ainda não, mas minha suposição é não apenas possível, mas a mais provável.

– Então o manuscrito dos mortos é o verdadeiro prêmio.

– Bravo, Watson.

– Mas como esse sujeito pode vendê-lo no mercado aberto sem entregar o jogo de como ele chegou à sua posse?

Holmes olhou-me seriamente, com suas feições fixas em uma expressão firme e concentrada.

– Ele não quer vendê-lo. Ele quer usá-lo.

Houve um momento de pausa enquanto o significado da observação de Holmes era absorvido e então os pelos atrás de meu pescoço se eriçaram.

– Quer dizer que ele acredita que esse manuscrito lhe dará poder sobre a morte.

– Sim.

– Ora, esse homem deve ser louco.

– Muito provavelmente sim.

– Minha nossa, você fala como se conhecesse sua identidade.

– Eu conheço.

– Você conhece! – Eu gritei em completo espanto.

Holmes tragou seu cachimbo, olhando-me com certo divertimento.

– Holmes – eu disse –, não seja tão irritante. Quem é ele?

– Sebastian Melmoth.

– O quê?

– Lembra-se dele?

– É claro que me lembro dele. Mas certamente não pode pensar que ele, embora seja obviamente estranho e imoral, se rebaixaria a roubo e assassinato?

– Com o tipo de obsessão que ele abriga, tenho certeza de que não há nada a que ele não se rebaixaria. Lembre-se do cabelo loiro que eu extraí do anel do gatilho da Derringer e do cheiro na arma daquela água-de-colônia pungente, a mesma, tenho certeza, na qual o sujeito estava mergulhado quando veio aqui. Compreenda, Watson, que desde suas declarações macabras nesta sala cerca de um ano atrás, eu fiquei de olho nesse jovem malévolo.

– Como?

– Através das colunas de fofocas e através de minha própria atuação. Sei que ele vem procurando alguma coisa, algo que ele desejava desesperadamente. Sem dúvida, por causa de suas pesquisas sobre a morte, ele teria sabido do manuscrito-mapa de Setaph há muito tempo e vem investigando a possibilidade de obter a chave para ele. Agora, acredito que ele tenha essa chave.

– Se o que diz é verdade, então ele partirá para o Egito sem demora em uma tentativa de colocar as mãos sobre o manuscrito dos mortos.

Holmes deu um leve sorriso.

– Isto é, se ele conseguiu decifrar o código e, assim, resolver o enigma do manuscrito. Ter a chave é uma coisa, mas usá-la é outra. Essas questões exigem conhecimento e compreensão da civilização e da mente do antigo Egito.

– O que pretende fazer?

– Vamos visitar o Sr. Melmoth, a primeira coisa de manhã, e vou confrontá-lo com o que sei. Suas reações serão muito interessantes de observar. É um encontro que apreciarei.

* * *

Era uma brilhante manhã de maio, com um pálido céu azul e magras nuvens esfarrapadas movendo-se pelos céus, quando Holmes e eu nos aproximamos da casa citadina de Sebastian Melmoth na Curzon Street. Eu estava extremamente apreensivo com nossa visita por dois motivos. Em primeiro lugar, parecia-me que havia demasiadas suposições na teoria de Holmes para torná-la certeira e eu temia que ele pudesse, pela primeira vez em sua vida, estar cometendo um erro muito grande. Em segundo lugar, eu não apreciava colocar-me na companhia de Melmoth novamente; me sentia um pouco como uma criança com medo do escuro: sabe-se que o medo é irracional e ainda assim ele está lá e é muito real.

Holmes puxou a campainha e a ouvimos ressoar nos confins da casa. Rapidamente, a porta foi aberta por um jovem triste, com escuros olhos malignos e um ar de arrogância intimidadora, a quem eu tomei, erroneamente como se viu, por criado de Melmoth. Holmes tirou um cartão de visita do bolso do colete e apresentou-o ao jovem sem dizer uma palavra.

O sujeito examinou-o ironicamente, mesmo virando-o para ver se havia alguma coisa no verso e, em seguida, inclinando-se indolentemente no batente da porta, ele levantou as sobrancelhas de uma forma jocosa.

– Sim, o que é? – Ele perguntou, acenando com o cartão de Holmes descuidadamente.

– Por favor, informe o Sr. Melmoth que eu gostaria de vê-lo sobre um negócio urgente – disse Holmes bruscamente.

Por um momento houve o fantasma de um sorriso naquelas feições morenas e arrogantes.

– Se quiser ver Sebastian urgentemente, então sugiro que vá procurá-lo no outro lugar – disse ele, e desta vez os lábios vermelhos se esticaram em um sorriso, revelando uma fina linha de dentes brancos.

Holmes franziu a testa.

– Não serei dissuadido, senhor – disse ele com certo entusiasmo.

– Temo que será. Aparentemente, não ouviu a triste notícia – disse o jovem casualmente, aparentemente tirando um ponto de poeira invisível de sua manga. – Lamento informá-lo que o Sr. Sebastian Melmoth está morto.

CAPÍTULO CINCO
MAIS REVIRAVOLTAS

Nunca em todos os anos em que conheço Sherlock Holmes o vi mais chocado e consternado do que ao saber que Sebastian Melmoth estava morto. Por um momento ele permaneceu imóvel, como se mudo pela implicação desta notícia – notícia que eu sabia que colocava todas suas deduções e planos em completa desordem.

– Quando isso aconteceu? – Perguntei ao jovem, em parte por curiosidade e, em parte, em uma tentativa de encobrir a hesitação de meu amigo.

– Anteontem – veio a resposta lânguida. – Seb envolveu-se em um acidente de tiro na propriedade de meu pai em Norfolk.

– Seu pai...?

– ... é o lorde Felshaw.

– Um acidente de tiro, é isso? – Solicitou Holmes, recuperando um pouco de sua compostura.

O jovem assentiu.

– Sim. Um negócio triste – respondeu ele, sem qualquer emoção na voz. – Nós saímos para atirar com Briggs, um de nossos zeladores, quando Sebastian se separou de nós por um tempo no mato. Ouvimos um tiro e o encontramos morto.

– O que aconteceu?

Ele deu de ombros de leve.

– A arma deve ter disparado acidentalmente. Uma grande confusão, na verdade.
– Não parece ter ficado chateado com o incidente – observei laconicamente, pois a arrogância fácil do sujeito começava a irritar.
– Todos nós morremos em algum momento. Seb, de todas as pessoas, ficou provavelmente muito feliz de experimentá-lo. O grande experimento final, sabe. – A sombra de um sorriso malicioso passou por suas feições nítidas e então ele fez uma pausa e respirou fundo, como se tomasse ar. – Agora, cavalheiros, se me desculparem, a manhã está demasiado fria para permitir que se fique na porta entregue à conversa fiada. A cerimônia do funeral é amanhã e eu tenho coisas para organizar. – Pouco antes de fechar a porta para nós, acrescentou incisivamente: – Será um acontecimento muito privado. A participação é apenas por convite.

* * *

Holmes permaneceu taciturno e silencioso enquanto fazíamos o caminho de volta para a Baker Street. Suas feições sombrias contavam da dor e indignação que sentia ao provar-se estar tão errado em suas deduções. Assim que dobramos na Baker Street mais uma vez, eu tentei algumas palavras de consolo.
Ele inspirou marcadamente antes de responder.
– Guarde suas condolências, Watson. O falecimento de Melmoth não altera os fatos. Foi ele quem assassinou Daventry e roubou o manuscrito de Setaph.
– Como é que você pode provar isso agora?
Ele bateu na testa.
– Está aqui, mas ainda não se engendrou.
Sorrindo brevemente, ele pegou meu braço e me levou para nossa porta.
– Há mais neste negócio do que podemos ver ainda, mas estou convencido de que estou no caminho certo. Eventos evoluirão, os quais nos fornecerão mais luz.

MAIS REVIRAVOLTAS

Havia outra surpresa para nós quando entramos em nossa sala de estar. Tínhamos um cliente aguardando por nosso retorno. Uma mulher jovem, de rosto fresco, trajando um vestido de veludo verde elegante, levantou-se da cadeira ao lado da lareira para nos cumprimentar. Ela era alta e esbelta, com cabelo curto cor-de-rato e um par de olhos castanhos desafiadores.

– Sr. Holmes? – Ela disse, olhando com incerteza de um para o outro.

– Sou eu – respondeu Holmes, tirando o casaco e o pendurando na cadeira de madeira perto de sua bancada de trabalho. – E este é o meu amigo e colega, o doutor Watson, senhorita...

– Andrews, Catriona Andrews. – Ela falou com clareza e confiança e ainda assim havia um certo nervosismo em seu comportamento. Não era, eu supunha, uma timidez natural, mas uma provocada por preocupação e interesse.

– Retome seu assento, senhorita Andrews. Gostaria de uma bebida? Chá talvez?

A jovem balançou a cabeça com determinação.

– Não, não, nada obrigado. Estou ansiosa para explicar por que estou aqui.

Holmes atirou-se em sua cadeira e, com um gesto largo, me deu ordem para sentar-me também.

– Meu colega, o doutor Watson e eu lhe damos toda a atenção. Por favor, vá com calma e retransmita seu problema de forma clara e em pormenores. – Dizendo isso, ele recostou-se e fechou os olhos.

Nossa visitante se inclinou para frente em sua cadeira e começou sua narrativa. Ela falou em tom claro e bem modulado que continha apenas um leve traço de sua ascendência escocesa.

– Como já lhes disse, sou Catriona Andrews: a filha de sir Alistair Andrews.

– O arqueólogo? – Gritei.

– Sim. – Neste ponto, nossa visitante vacilou, a cabeça pendeu e ela pegou um lenço de sua bolsa para enxugar os olhos úmidos. – Meu pai... meu pai desapareceu.

Holmes, que não parecia nem um pouco surpreso com essa revelação súbita, acenou com a cabeça em compreensão, mesmo sem abrir os olhos.

– Rogo-lhe, comece pelo começo, senhorita Andrews – disse ele em voz baixa.

A jovem corajosa deu uma sacudida de ombros, enfiou o lenço de volta em sua bolsa e começou novamente:

– Minha mãe morreu pouco depois de meu nascimento e por isso a total responsabilidade por minha criação caiu para meu pai. Talvez por isso eu me sinta mais próxima de meu pai do que a maioria das filhas. Nós moramos juntos em uma casa confortável em St John's Wood. Eu atuo como sua assistente, ajudando-o em seu trabalho, datilografando seus trabalhos, coordenando o catálogo de sua vasta coleção de relíquias, que ele acumulou de suas várias expedições.

– Estava tudo bem entre nós até recentemente, quando ele começou a se comportar estranhamente, evitando a maioria dos visitantes e passando mais e mais tempo trancado em seu escritório. Cerca de uma quinzena atrás, ele começou a fazer suas refeições lá sozinho. Ele também saía tarde da noite e não voltava até que fosse quase de manhã. Quando eu perguntei a ele sobre essas expedições noturnas, ele me disse bruscamente que era uma coisa privada. – Ela balançou a cabeça tristemente. – Era tão atípico da parte de meu pai; nós sempre compartilhamos tanto e agora ele me deixava de fora. Podem imaginar como fiquei preocupada e magoada com seu comportamento. Era como se ele houvesse se tornado outra pessoa.

– E então ontem ele não voltou mais. Sua cama não estava desfeita e não havia nenhum bilhete para indicar onde ele poderia ter ido. Eu estava fora de mim de preocupação. Eu estava prestes a entrar em contato com a polícia quando esta carta chegou na entrega das quatro horas. – Ela me passou uma folha de papel amassado na qual estava escrita a seguinte mensagem:

Cara C

Estarei ausente por algum tempo. Perdoe-me por não informá-la de minha ausência, mas, acredite em mim, tenho minhas razões.

Não se preocupe comigo: estou perfeitamente seguro e bem, mas sob nenhuma circunstância entre em contato com as autoridades sobre meu desaparecimento. Explicarei tudo quando eu voltar.

Todo meu amor

– O que é este desenho? – Eu perguntei, apontando para um rabisco que tomava o lugar da assinatura.

– Não sei se conhece bem egiptologia, doutor Watson, mas é Tot, o escriba com cabeça de íbis dos deuses. Essa é a assinatura especial de meu pai. Ele a usava quando me escrevia bilhetes lúdicos quando eu era muito jovem. É um tipo de segredo entre nós. É por isso que eu sei que o bilhete é genuíno.

– Assinaturas podem ser aprendidas, não importa o quanto sejam obscuras – observou Holmes. – Não há dúvida sobre a letra?

– Absolutamente nenhuma. Tenho certeza de que este bilhete veio de meu pai.

– Senhorita Andrews, disse que seu pai evitava a maioria dos visitantes...

Ela assentiu com a cabeça.

– Mas não todos?

– Não. Houve um homem que o visitou duas vezes e que foi rapidamente levado para sua sala.

– Conhecia este homem?

– Não. Eu nunca o vira antes. Nem sequer sei seu nome.

– Descreva-o, por favor.

– Ele era jovem. Cerca de trinta anos, eu diria. Bem vestido de uma forma bastante extravagante. Ele era muito pálido e tinha longo cabelo loiro.

– Ora, Holmes... – eu gritei, reconhecendo a descrição de Sebastian Melmoth.

Meu amigo colocou os dedos sobre os lábios.

– Fascinante, não é, Watson? Agora, senhorita Andrews, permita-me examinar o bilhete.

Holmes tomou a folha de papel creme de sua mão amolecida e escrutinou-o com sua lupa.

– Hum. A letra é difícil e errática, obviamente, escrita sob alguma pressão. A pena respinga umas cinco vezes, o que indica que a mensagem não surgiu livremente da mente do escritor, mas foi ditada a ele. – Ele segurou o papel contra a janela. – Este é seu próprio papel para cartas, senhorita Andrews?

– Não. Meu pai sempre insiste em branco.

– É um papel de qualidade, que provavelmente custa quatro pence por folha, o que nos leva a supor que nossos sequestradores estão bem de vida.

– Sequestradores! – A senhorita Andrews e eu explodimos com a mesma exclamação simultaneamente.

Holmes sorriu.

– De Fato. Todas as evidências, apesar de poucas, me levam à inevitável conclusão de que seu pai foi sequestrado.

Às vezes Holmes estava tão preocupado com a exibição de seus talentos para a dedução que ele dava pouca atenção aos efeitos que suas revelações teriam sobre aqueles a quem ele se dirigia. A senhorita Andrews, com o rosto drenado de cor, agarrou os braços da cadeira e inclinou-se em direção a meu amigo. Havia, no entanto, um brilho constante em seus olhos que dizia muito de sua reserva e coragem. Quando ela falou, sua voz foi clara e controlada, mas afiada de raiva reprimida.

– Não pode dizer isso, Sr. Holmes. Quem iria querer sequestrar meu pai? E por quê? Além disso, não houve pedido de resgate. Certamente o senhor está enganado.

– Temo que não. No entanto, não creio que a vida de seu pai esteja em perigo no momento.

Coloquei uma mão reconfortante no ombro da moça e franzi a testa para meu amigo.

– Holmes – eu disse bruscamente. – Pare de falar em enigmas. A senhorita Andrews tem o direito a uma clara explicação sua.
– Claro – respondeu ele, com pouca convicção.
– Se seu pai foi sequestrado, por que não houve nenhuma comunicação por parte dos sequestradores?
– Porque eles já têm o que querem: não dinheiro, mas o conhecimento especializado de sir Alistair.
– Desculpe-me, Sr. Holmes, mas estou completamente confusa com tudo isso. Por favor, explique-me as coisas claramente.
– Não posso explicar-lhe tudo plenamente ainda, senhorita Andrews, mas posso assegurar-lhe de que...
Mas Holmes não pôde ir adiante com suas garantias. Uma mudança repentina tomara nossa visitante. Ela levantou-se, com o corpo todo eriçado de indignação, e parou Holmes no meio da frase com um movimento violento de sua mão.
– Isso não é o suficiente, senhor – ela gritou com veemência, com os olhos faiscando fogo e a cor voltando a suas bochechas. – Se sabe algo a respeito do desaparecimento de meu pai, é seu dever me dizer. Não sou uma flor delicada incapaz de receber uma má notícia seja ela qual for. Sou determinada e responsável. Acompanhei meu pai em muitas de suas escavações e enfrentei condições e realizei tarefas nas quais muitos homens tremeriam. Pode estar no controle de seu mundo, Sr. Holmes, mas não cometa o erro de pensar que todas as mulheres são coisinhas fracas e sem cérebro que devem ser protegidas contra os golpes cruéis da vida. Elas não o são. Posso assegurar-lhe que eu certamente não sou. Não serei tratada como criança ou aplacada. Por isso, exijo que me diga tudo o que sabe.
Este certamente era o dia de desafiar Sherlock Holmes. Os músculos de sua mandíbula contraíram-se e houve uma oscilação momentânea de raiva em seus olhos e então, como se contendo sua irritação, ele esticou as pernas e recostou-se na cadeira, rindo suavemente para si mesmo.
– Como posso resistir a tal súplica, hein, Watson? – Foi uma resposta desconfortável e ele ainda não conseguira capturar o ar de indiferença que ele pretendia.

Eu não respondi e na verdade deliberadamente evitei olhar tanto para Holmes quanto para a jovem. Eu não queria envolver-me neste frágil tête-à-tête. Fez bem a meu coração que uma mulher colocasse meu amigo em seu lugar. Minha Mary frequentemente dizia que, apesar de todas suas habilidades como pensador, ele tinha uma compreensão muito defeituosa da psique feminina e tendia a tratar todas as mulheres da mesma maneira. A senhorita Andrews provava que ele estava errado.

– Bem, senhor, estou esperando...

Holmes deu um suspiro de resignação.

– Pede a mim mais do que posso oferecer, senhorita Andrews... – Ele ergueu a mão para evitar uma nova torrente de ofensivas. – No entanto, lhe direi o que acredito ser verdade, mas permita-me manter minhas teorias não comprovadas para mim mesmo até que as circunstâncias as validem ou não.

– Muito bem – ela respondeu friamente, com a postura mantendo-se rígida e inflexível.

– Acompanhou seu pai na expedição de Henuttawy?

Uma expressão intrigada tocou a testa da senhorita Andrews.

– Não, mas sei tudo sobre ela e ajudei-o a preparar as exposições para o Museu Britânico. O que isso tem a ver com o desaparecimento de meu pai?

– Tudo! Apesar de seu imenso conhecimento sobre egiptologia, seu pai nunca conseguiu alcançar uma interpretação compreensível do manuscrito de Setaph.

– Ah, o manuscrito. Ele o levava à distração.

– Ele sabia que faltava uma chave?

Nossa visitante permitiu que suas feições sérias relaxassem até um sorriso irônico.

– Ele considerara a possibilidade, sim, juntamente com muitas outras.

– Será que ele discutiu sobre o manuscrito com sir George Faversham, seu parceiro na expedição?

– Não. Eles se viam como rivais: ambos estavam determinados a ser o primeiro a resolver o enigma. Sir George sempre alegava que havia conseguido e enviava a meu pai telegramas o provocando. "Deixe o homem tripudiar", meu pai dizia. "Se ele realmente tivesse a resposta, ele não diria a ninguém e iria para o Egito com a velocidade do diabo".

– Gabar-se leva a roubo e assassinato, hein, Watson?

– Desculpe-me, Holmes. Estou confuso.

– A reportagem de jornal que você leu para mim ontem mesmo, quando, se lembrar bem, tentava despertar meu espírito com o que eu erroneamente supus ser um peça trivial de vilania. A casa de sir George Faversham foi saqueada, mas nada de valor foi levado. Lembra-se?

– Sim, sim, lembro... e ele foi assassinado.

– Ah! Então o panorama cresce. Os meliantes sem dúvida esperavam que sir George os ajudaria a traduzir a chave. Quando ele não conseguiu fazê-lo, ou talvez se recusou a fazê-lo, eles... eliminaram-no. – Ele esfregou as mãos vigorosamente. – Compreende, senhorita Andrews, que existem certos indivíduos inescrupulosos desesperados para pôr suas mãos no manuscrito dos mortos de Setaph e eles farão qualquer coisa, incluindo assassinato, para obtê-lo. Tenho certeza de que o papiro no qual seu pai estava trabalhando e que continha os detalhes do paradeiro do manuscrito era inútil sem a chave, criada pelo próprio Setaph. Acredito que essas pessoas das quais falo tenham obtido a chave.

Neste momento, eu o interrompi:

– Se for esse o caso, por que não estão procurando a localização do manuscrito dos mortos?

– Ah, meu caro Watson, porque, como eu, eles subestimaram a astúcia de Setaph. A chave também apresenta enigmas que precisam ser resolvidos. Obviamente, eles não são tão penosos quanto o manuscrito original, mas inteligentes o bastante para confundir a mente simples e ignorante.

– Acho que compreendo o que quer dizer, Sr. Holmes. Estes vilões, dos quais fala, precisam de meu pai para interpretar a chave para eles.

– É assim que eu entendo o mistério. É por isso que nenhum resgate é necessário.

— Se estiver correto, o que acontece com meu pai quando ele fizer seu trabalho para eles?

Holmes parou por um instante, coçando o queixo.

— Minha resposta só pode ser uma suposição; mas sabendo o que sei sobre os sequestradores de seu pai, acredito que eles o manterão até que tenham o manuscrito dos mortos de Setaph nas mãos. Somente então eles podem ter certeza de que seu pai lhes forneceu as informações corretas.

A senhorita Andrews caiu de volta na cadeira. Eu lancei um olhar preocupado a Holmes.

— Momento em que — continuou ele em um tom mais leve — o doutor Watson e eu os teremos alcançado.

— Realmente acha isso? — A pergunta desesperada da senhorita Andrews espelhava exatamente a que eu formulara em minha própria mente.

— Acho que sim — disse Holmes. Nossa visitante não percebeu o senso de ambiguidade na resposta e sorriu.

— Por favor, devolva-me meu pai em segurança, Sr. Holmes. — Por um breve momento, a máscara da mulher moderna confiante escorregou, revelando a jovem assustada e vulnerável por baixo.

— Faremos tudo em nosso alcance para realizar esse evento feliz — eu disse alegremente.

— Repito esses sentimentos — disse Holmes, sem uma centelha de emoção em sua voz.

* * *

Após a senhorita Andrews ter ido embora, levando consigo a garantia de Holmes de que ele entraria em contato com ela assim que tivesse qualquer notícia de seu pai, eu cerquei meu amigo, liberando um pouco de minha raiva reprimida:

— Uma coisa é omitir detalhes a um cliente, Holmes, mas outra bem diferente é me manter no escuro.

— Meu caro amigo, acalme-se. Por favor, não me culpe se os acontecimentos e, portanto, meus processos mentais se movem mais rápido do que eu imaginava.

— Como posso ser de alguma utilidade se não os confidencia a mim?
— Mas você sabe tudo, Watson. O que há para confidenciar?
— Você falou em vilões, no plural. Quem são eles? Com Melmoth morto...
— Ah, bem, eu confidenciarei, mas não explicarei o óbvio. Se eu o fizer, como vai aprender?
— Holmes... – comecei.
— Pelo amor de Deus, não fique tão cabisbaixo. Eu sei que é um homem de ação e hoje à noite haverá alguma ação na qual necessitarei de sua assistência.
— Que ação?
— Vamos arrombar a casa de Melmoth – Sherlock Holmes anunciou grandiosamente, antes de acender o cachimbo e recostar-se na cadeira.

CAPÍTULO SEIS

TRABALHO NOTURNO

Não era a primeira vez que Sherlock Holmes me envolvia na infração da lei. No entanto, a aventura que meu amigo ofereceu, nesta ocasião, parecia-me ultrajante.

– Arombar a casa de Melmoth – repeti com um pouco de desdém. – Não pode esperar que eu leve essa sugestão a sério.

– Não brinco com tais assuntos, meu amigo. Esqueça suas sensibilidades por um momento e considere que canalha absoluto é esse Melmoth, e não digo "é" por acaso.

– Acredita que o homem ainda está vivo?

Holmes não me respondeu diretamente, mas apontou a haste do cachimbo em minha direção e disse:

– Com ou sem sua ajuda, tenho a intenção de entrar em sua casa hoje à noite e descobrir, com certeza, quem se encontra em seu caixão.

Estremeci.

– Céus, Holmes, o caso inteiro não é apenas perigoso e contra a lei, mas também é positivamente macabro.

Holmes sorriu.

– Que melhores razões há para fazê-lo?

* * *

As batidas lúgubres do Big Ben marcando meia-noite vibraram na distância enquanto Holmes e eu deixávamos o calor da nossa sala de estar e emergíamos na frieza de uma noite de maio. Apesar de minhas reservas em relação a este empreendimento, Holmes sabia que eu não podia recusar sua súplica para me juntar a ele. Muito para meu espanto, o conteúdo de minha bolsa médica havia sido removido e substituído por um pé de cabra, uma lanterna escura, um formão e meu revólver.

No fim da tarde meu amigo deixara a Baker Street vestido como um clérigo respeitável, de cabelo grisalho e míope, para realizar um reconhecimento completo das instalações de Melmoth.

– Ninguém suspeita de um clérigo trapalhão, mesmo que ele espie as casas de uma forma incomum – sorriu Holmes ao retornar enquanto livrava-se de seu disfarce.

As ruas da grande cidade estavam qualquer coisa menos desertas. Passamos por alguns foliões noturnos e a carruagem fantasma ocasional pocotou passando por nós, sem dúvida voltando ao depósito, mas caso contrário nós possuíamos as ruas escuras. Nós caminhamos rapidamente em silêncio, minha mente agitada com preocupações e apreensões, enquanto o rosto de Holmes permanecia tenso e exultante de antecipação.

Em quinze minutos estávamos perto de nosso destino. Fizemos uma pausa nas sombras em frente à casa que visitáramos juntos naquela manhã, que apresentava agora um rosto escuro e vazio para nós. Nenhuma das janelas estava iluminada e não havia sinais de ocupação.

– Há um pequeno jardim na parte de trás da casa. Escalando o muro ao redor dele, conseguiremos então entrar no local por meio de uma das janelas do andar de baixo. – Holmes falou rapidamente e em tom factual, como se escolhesse itens de um cardápio.

Comecei a me sentir muito desconfortável.

– E se formos apanhados? – Perguntei em um sussurro rouco.

– Essa eventualidade não está dentro de meu alcance – foi a resposta seca.

Atravessamos a rua e fomos para o lado da casa. A solitária lâmpada a gás emitindo um brilho escasso ficava de sentinela no topo da rua estreita que corria atrás de casa de Melmoth. Holmes levou-me pela rua até além do brilho fraco da luz e então paramos perto de um velho muro de tijolos rústico com cerca de dez pés de altura.

– Agora lhe darei uma mão para subir e, quando tiver se segurado no alto do muro, passarei sua bolsa a você.

Suspirei pesadamente.

– Tem certeza de que isso é realmente necessário?

– Claro que é. Agora vamos começar esse negócio.

Não tendo nem a esbeltez e nem a capacidade atlética de minha juventude, levei um tempo para fixar pés e mãos firmemente para me permitir escalar até o topo do muro, tomar minha bolsa médica da mão estendida de Holmes e então chegar à segurança comparativa de terra firme do outro lado. Holmes não teve essa dificuldade. Ele escalou o muro com facilidade e eu ainda estava recuperando o fôlego pelo esforço quando ele pulou agilmente no chão e se juntou a mim. Avançando em direção à casa, ele acendeu a lanterna. O feixe estreito traçou o contorno do edifício. Havia uma porta à esquerda, provavelmente levando à cozinha ou ao porão, um pequeno lance de escadas posicionado no centro até a principal porta de trás e uma varanda que levava a uma grande janela saliente à direita.

Holmes abriu o caminho até os degraus e acenou com a cabeça na direção da janela saliente.

– Esse será nosso ponto de entrada – ele sussurrou, empurrando a lanterna em minhas mãos. – Um feixe de luz firme agora, enquanto eu começo a trabalhar com o cinzel.

Com a facilidade de um ladrão experiente, meu companheiro colocou o cinzel na borda inferior da guilhotina da janela. Eu o vi se inclinar e forçar com movimentos deliberados rápidos até que, com um ruído de estilhaço, ela estremeceu e abriu.

Sem demora, subimos para dentro da casa e ficamos como estátuas na escuridão, nossos sentidos alertas para captar o menor som ou movimento. Não havia nada: o silêncio da casa sibilava em meu ouvido.

Depois de alguns momentos, Holmes se inclinou para mim e falou baixinho em meu ouvido:

— Sem dúvida, o caixão deve estar em uma das salas no andar térreo, provavelmente a sala de visitas. Venha. – Segurando minha manga, ele me puxou gentilmente, guiando-me pela escuridão em direção à porta. Ele tinha uma facilidade notável, cuidadosamente cultivada, para ver no escuro e com a ajuda do feixe de sua lanterna ele podia, com proficiência felina, manobrar pelo caminho com facilidade. Em segundos estávamos no corredor. Uma luz pálida entrava através da bandeira acima da porta da frente e jogava sombras intercaladas e mutáveis nas paredes. Mais uma vez, paramos e ouvimos. O silêncio foi quebrado suavemente pelo tique-taque abafado do relógio de pé que ficava no fim do corredor. Holmes moveu o feixe estreito da lanterna escura, explorando os arredores. Na mesa do hall embaixo de um espelho gritantemente ornamentado, havia um enorme vasilhame de orquídeas brancas, luminescentes e fantasmagóricas na escuridão: uma homenagem floral aos mortos, sem dúvida.

Havia várias portas saindo do corredor e tentamos duas, espiando da soleira conforme o dedo pálido de iluminação expunha o interior. Eram a sala de música e a sala de estar. Nossa terceira tentativa nos trouxe à câmara que procurávamos. Chamá-la de sala de visitas seria um equívoco cruel. Mesmo na penumbra oferecida pela lanterna, pude ver que a sala era normalmente sombria. As cortinas eram de veludo preto contornadas com ouro e o papel de parede era estranho e sombrio. Ele apresentava um conjunto estranho de padrões, quase gravuras, mostrando uma série de rostos sorridentes e repulsivos, demoníacos e parecidos com gárgulas. O cheiro doce e nauseante de incenso, evocativo do oriente, permeava o ar com um aroma espesso e enjoativo, que era quase sufocante em sua intensidade. O tapete e os móveis luxuriantes pareciam ser de vários tons de cinza, preto ou marrom escuro e, pendurado sobre a lareira, estava um retrato do dono da casa. A pintura a óleo era em estilo alto gótico, mostrando Sebastian Melmoth de pé sob o luar com as ameias de um castelo em ruínas ao fundo. Seu rosto pálido e branco olhava para nós com animosidade espectral como se a pintura estivesse viva e ele estivesse ciente de que nós invadíamos seus aposentos privados. Os olhos brilharam, animados pelo ódio, conforme o feixe de luz passou sobre o rosto. Era uma aparição enervante.

No entanto, todas estas observações levaram uma questão de segundos, pois o real interesse da habitação era o caixão de carvalho escuro que descansava em cavaletes no centro da sala.

Holmes moveu o feixe da lanterna para a tampa, iluminando uma pequena placa de prata, gravada com a legenda: Sebastian Melmoth Hic reviviscrere 1866-1896.

Meu amigo deu um suspiro de desgosto.

– Venha, Watson, ajude-me com a tampa.

– Mas certamente, Holmes...

– Esta é a *raison d'être*[1] de nossa visita. Um caixão fechado não é prova nenhuma. Ele poderia facilmente estar vazio.

Ele não estava vazio. Apesar de todo o derramamento de sangue e os ferimentos horríveis que eu testemunhara durante meus anos no Afeganistão, eu não pude evitar a ânsia de vômito à visão que testemunhamos quando a tampa foi retirada do caixão. Talvez, eu ponderei mais tarde, foi a incongruência daquilo que chocou meu organismo. Apesar de ter sido informado de que Melmoth fora morto em um acidente de tiro, eu não estava preparado para a extensão horrível de seus ferimentos. O cadáver mutilado estava no caixão com seus ferimentos claramente à vista. A metade superior de seu peito fora explodida e ele não tinha rosto, por assim dizer: apenas uma máscara de tecido vermelho-escuro sangrento, que brilhava à luz. Até mesmo a cabeça fora raspada de seus cachos loiros, aumentando ainda mais sua aparência macabra.

Holmes estava longe de estar surpreso pela visão da aparição que estava diante de nós. Na verdade, ele deu um murmúrio de satisfação.

– Um acidente de caça, hein? Bem, precisaria de pelo menos dois cartuchos para criar esse efeito. Foi muito bem feito, Watson. Muito bem feito, de fato. – Dizendo isso, ele se inclinou sobre o cadáver e examinou as mãos de perto e, em seguida, levando a luz para o que tinha sido uma vez um rosto, ele examinou os dentes salientes da máscara medonha de carne crua.

– Bem, estou bastante convencido de que quem quer que seja este homem, certamente não é Sebastian Melmoth.

---

1 Nota do tradutor: francês, "razão de ser".

– Como pode ter tanta certeza?

– A evidência aqui apenas prova o que eu já suspeitava. Olhe para as mãos... – Ele levantou uma e levou a luz a ela. – Observe os calos, as unhas encrustadas de sujeira. Estas não são as mãos de um esteta e dândi; são as mãos de um trabalhador. – Soltando o braço, ele se inclinou ainda mais sobre o cadáver e puxou para trás os pedaços de carne ao redor da boca. – Da mesma forma, os dentes não tiveram o benefício de assistência odontológica cara que os ricos podem pagar. Esses tocos marrons e pretos falam de uma dieta pouco saudável e de negligência. Não, meu amigo, este pobre coitado é meramente um substituto, um engodo, por assim dizer, para disfarçar o fato de que Sebastian Melmoth ainda está muito vivo.

– Mas qual é o propósito por trás dessa enganação?

– Posso estar me lisonjeando, mas acredito que tenha sido feito principalmente por minha causa. Para me desviar do cheiro, por assim dizer. Se o principal suspeito estiver morto, então o detetive tem de procurar outro em outro lugar...

– Enquanto isso, ele continua com seus planos nefastos com impunidade.

– Exatamente.

– Mas então quem é este desgraçado no caixão?

Eu estava destinado a não receber a resposta a minha pergunta, pois, quando Holmes estava prestes a responder, veio um ruído da parte superior da casa. Era o som de vozes. Meu coração afundou. Alguém nos ouvira.

Imediatamente Holmes extinguiu a lanterna.

– Rápido – ele sussurrou asperamente –, ajude-me a fechar o caixão.

Como cegos nós lutamos com a tampa do caixão, colocando-a de volta no lugar na escuridão de clausura. Ao completar nossa tarefa macabra, ouvi passos descendo as escadas. Eu praticamente congelei no lugar, mas Holmes me arrastou até a janela e me puxou para trás das pesadas cortinas pretas. Quando ele fez isso, a sala foi banhada em luz elétrica.

Alguém entrou. Pelo som do andar pesado e dos passos longos, deduzi ser um homem. Ouvi-o ir até o caixão, armando uma pistola enquanto o fazia. Seu andar medido ficou mais próximo e eu podia senti-lo se aproximar de nosso esconderijo. Holmes levou o dedo ao lábio.

E então as cortinas agitaram-se como se uma mão fosse colocada sobre elas: uma mão que a qualquer momento nos exporia. O interior de minha boca repentinamente ficou muito seco e meu coração começou a bater rápido.

Justo quando eu temia o pior, veio o grito abafado de uma mulher de uma das outras salas.

– O que foi, Júlia? – Exclamou o sujeito, a menos de dois pés de distância de nós.

– Alguém invadiu a casa, Brandon: a janela da sala de jantar foi forçada até abrir.

Holmes balbuciou a palavra "mordomo" para mim.

– Estou indo – disse o homem, e as cortinas estremeceram quando ele largou-as. Ouvimo-lo sair.

– Agora é a hora de realizarmos nossa saída – murmurou Holmes e, empunhando o cinzel com ágil desenvoltura, ele forçou a janela atrás de nós. Com toda a velocidade que podíamos reunir, subimos sobre o parapeito da janela e saímos mais uma vez para o ar frio da noite. Silenciosamente, Holmes desceu a janela e em poucos segundos estávamos na calçada, caminhando firmemente em direção à Baker Street, com toda a indiferença casual de dois foliões noturnos indo para casa.

– Bem – comentou Holmes, quando viramos a esquina da Baker Street –, temos de ir para a cama tão rapidamente quanto possível. Teremos de acordar logo: uma longa viagem de trem nos espera amanhã.

Eu gemi.

– Para onde?

– Norfolk – foi a resposta.

CAPÍTULO SETE

UM INTERLÚDIO CAMPESTRE

O dia estava nascendo, frio e cinza, quando o trem saiu da estação de Paddington cedo naquela mesma manhã. Eu estivera muito cansado e sem energia para questionar tanto a razão quanto a necessidade dessa visita antes de ir para a cama em uma tentativa de arrebatar algumas horas de descanso. No entanto, eu acreditava que tinha alguma noção dos planos de Holmes e pensei que o sono restaurador de uma noite aguçaria o cérebro e colocaria a imagem toda em foco. Eu estava errado. Para começar, consegui apenas quatro horas de sono. Holmes sacudia meu ombro e me acordava às cinco horas.

– Vamos, Watson, temos um trem para pegar. Nunca deixe dizerem que cães velhos são lentos para liderar a perseguição.

– Cães velhos – eu murmurei, sonolento, ainda abraçando meu travesseiro. – Nunca ouviu o ditado sobre deixar os cães que dormem ficarem deitados?

Holmes respondeu com um som que ficava em algum lugar entre uma risada e um grunhido.

– Partimos em meia hora – ele gritou, batendo a porta atrás de si.

Uma vez que o trem havia saído dos limites de Londres, um sol pálido aguado se esforçou para fazer uma aparição no céu cor-de-ardósia e eu consegui, finalmente, livrar-me da letargia do sono.

— Presumo — eu disse, dirigindo-me a meu amigo, que estava sentado encolhido no canto de nosso compartimento de primeira classe, olhando para fora da janela e fumando um cigarro —, que nossa visita a Norwich[2] esteja conectada com o acidente de tiro na propriedade do lorde Felshaw.

— Muito bem, Watson. O jovem que vimos ontem na casa de Melmoth era tão confiante que ele muito tolamente deu-nos mais informação do que gostaria. Tobias Felshaw, outro do pessoal decadente de Melmoth.

— E suspeita de seu envolvimento neste caso?

— Até seu corrupto pescoço aristocrata.

— Cúmplice de Melmoth.

— Sim. Os dois têm agora três assassinatos sobre si.

— Três?

— Daventry, o vigia noturno, sir George Faversham e o pobre diabo que agora está no caixão de Melmoth.

— Realmente acha que eles assassinaram sir George porque ele não conseguiu ou não quis ajudá-los?

— Exatamente, Watson. Sem dúvida, eles o abordaram primeiro com a chave de Setaph, pedindo-lhe ajuda para decifrá-la com a promessa de... bem, quaisquer tesouros encontrados junto ao manuscrito dos mortos. — Holmes deu uma risada seca. — Foi um pouco ingênuo da parte deles fazerem a abordagem diretamente e, assim, quando sir George não concordou, por qualquer motivo, eles não tiveram opção senão matá-lo.

— Porque ele conhecia seu segredo.

— Exatamente.

Estremeci com o pensamento de um assassinato a sangue frio e então me veio à mente o rosto pálido e cruel de Melmoth com aquele brilho absurdo e maníaco em seus olhos.

— Há algo desumano nesse tipo de ato calculado de carnificina — eu disse.

— São homens muito malignos, Watson. Eles se deleitam no pecado por si só.

---

2 Nota do tradutor: cidade que é o centro administrativo do condado de Norfolk.

UM INTERLÚDIO CAMPESTRE

– Acha que vamos encontrá-los em Holden Hall.

Holmes estreitou os olhos e soltou um fio fino de fumaça.

– Não sei dizer com certeza como os eventos se desenrolarão; mas estou convencido de que encontraremos algo a nosso favor.

* * *

Holden Hall ficava cerca de vinte milhas fora da cidade antiga da catedral de Norwich, por isso, alugamos uma carroça e cavalo e a conduzimos nós mesmos. Depois de um período agradável ao longo de algumas estradas rurais, entramos na aldeia de Holden Parva e eu avistei a pousada da aldeia, a Backsmith's Arms[3].

– Meu estômago me diz que é hora do almoço, Holmes. – Eu disse, indicando o hotel. – Não como nada desde o desjejum às seis da manhã e foi só uma xícara de café morno e um pedaço de pão torrado.

Para minha surpresa, Holmes concordou com meu pedido sem objeção. Amarrando nosso cavalo a um grande anel de ferro fixado na parede do lado de fora da pousada, entramos. Era um lugar improvisado com piso de pedra, bancos e banquetas de madeira simples, mas tudo parecia limpo e arrumado e o senhorio, um sujeito baixo e de cabelo escuro, deu-nos alegres boas-vindas. Pedimos pão, queijo e picles e uma caneca de cerveja e sentamos em um dos bancos para consumir nossa comida. Havia vários outros clientes, homens em trajes rústicos: calças de sarja, polainas, coletes de couro e cinturões. Um pequeno grupo deles inclinava-se sobre o bar, absorto em uma conversa com o senhorio.

Holmes permaneceu em silêncio durante toda a refeição, mas ele observava tudo no sujeito com um exame cuidadoso. Quando havíamos devorado o último pedaço de queijo, o senhorio veio até nós para levar os pratos.

– Era exatamente o que o médico receitou – disse Holmes, alegremente, dando-me um sorriso malicioso. – Diga-me, senhorio, não

---

3   Nota do tradutor: "Brasão do Ferreiro".

pude deixar de ouvir o senhor falar sobre o terrível acidente de tiro que ocorreu lá na mansão alguns dias atrás.

As feições rosadas do estalajadeiro perderam um pouco da cor.

— Já ouviu falar nisso, então, não é, senhor? Ora, não é surpreendente como as notícias viajam?

— Eu tinha negócios na mansão com o filho do lorde Felshaw e foi-me dito que ele estava fora para assistir a um funeral. É assim que fiquei sabendo dos tiros.

— Sim, é coisa do mal — gritou um dos homens no bar, que ostentava uma cobertura volumosa de cabelo amarelo com barba para combinar que perigava engolir todo seu rosto. — Pode ser errado de minha parte dizer isso, mas aqueles dois, o jovem mestre Tobias e seu amigo peculiar vêm pedindo que um desastre caia sobre suas cabeças há algum tempo.

— Percebo que o "jovem mestre" não é bem quisto?

Esta observação provocou um coro de gargalhadas.

— Pode dizer isso de novo, senhor — sorriu o senhorio. — Além de tudo mais, ele não é natural. — Ele piscou grotescamente para Holmes. — Se entende o que eu digo. Não é o que se chamaria de... um homem.

Holmes respondeu com uma expressão de compreensão perspicaz.

— Sempre recebendo gente estranha e afins lá na mansão — lascou outro indivíduo no bar, enquanto os outros concordaram, todos aparentemente interessados no tema favorito de conversa.

— Ele era cruel, também — acrescentou o sujeito de barba amarela. — Em uma ocasião ele surrou um cavalariço por não selar seu cavalo corretamente. Ele ficou tão machucado que o pobre rapaz quase morreu. O pai de Sua Senhoria abafou a coisa toda e o camarada foi muito bem pago para não fazer acusações.

— Esse Tobias parece ser um cliente muito desagradável — observou Holmes sombriamente. — Começo a pensar que tive sorte que ele estivesse fora quando eu vim. Ele parece um pouco instável.

— Quando se tem dinheiro — anunciou um sujeito com cara de galgo e de fala arrastada, aquele no grupo que parecia ter consumido mais cerveja do que o resto —, quando se tem dinheiro, pode-se safar de assassinato.

Houve um súbito silêncio e os olhos de Holmes brilharam alegremente.

– Não estão dizendo que houve algo irregular sobre o acidente de tiro, não é? – Ele perguntou casualmente, sorrindo para os homens.

Eles se entreolharam, aparentemente com a língua presa.

– Bem, digamos o seguinte, senhor – o de rosto de galgo anunciou de repente –, só temos a palavra de Sua Senhoria sobre o que se passou. Ele tem o temperamento do próprio diabo e eu não descartaria ele ter atirado em seu amigo por causa de uma ou outra discusão.

– Cale-se, agora, Nathan – disse o bebedor barbudo calmamente, cutucando o companheiro nas costelas.

Mas Holmes não deixaria parar por aí. O momento ia bem e eu podia dizer por sua expressão que ele estava ciente de que havia mais para saber e queria sabê-lo.

– Mas certamente – disse ele em tom amistoso, como se fosse um velho amigo deles – há o testemunho do trabalhador da propriedade que estava com eles quando o acidente aconteceu.

O de rosto de galgo riu.

– Boa questão, senhor. Boa questão. Só que o jovem Alfred deu no pé.

– Quer dizer que ele desapareceu?

– Achamos que sim; é o caso do Thompson, o cavalariço, tudo de novo. Ele foi pago para ir embora e ficar quieto – disse o senhorio suavemente enquanto voltava para o bar.

– Ele não é visto pela propriedade desde o acidente – disse o de rosto de galgo.

– E em casa? – Perguntei.

– Ele mora sozinho, tem uma casinha na propriedade, perto do lago.

– Olhem, cavalheiros, não é hora de mudarmos de conversa, hein? – Disse o senhorio, nervosamente. – Muita conversa sobre os acontecimentos na mansão e é provável atrair uma maldição sobre a estalagem.

– A única maldição que eu tenho é a patroa – gemeu o de rosto de galgo miseravelmente; e então, de repente, seu rosto partiu-se em riso quando um relincho infeccioso e agudo de alegria escapou de seus lábios, fazendo com que seus companheiros rissem junto com ele. A tensão se dissipou e eles se afastaram de nós e começaram a entregar-se à alegre brincadeira sobre de quem era a vez de pagar pela próxima rodada de bebidas.

Holmes se inclinou e sussurrou em meu ouvido:

– Você é inestimável em um caso, Watson. Sua sugestão para almoçarmos aqui foi um golpe de mestre.

* * *

Saímos da Blacksmith's Arms acompanhados de uma série de acenos e despedidas murmuradas de nossos companheiros do almoço.

– O que esses pobres diabos não sabem é que o jovem Alfred não deu no pé com uns despojos – comentou Holmes, uma vez que havíamos subido a bordo de nossa carroça. – Ele é o cadáver no funeral de Melmoth hoje.

Senti um frio repentino com o pensamento da coragem sem coração necessária para contemplar e planejar um ato tão atroz, muito menos para realizá-lo.

– Eu deduzira esses fatos ainda em Londres – admitiu meu amigo –, e embora seja gratificante confirmar as coisas, há um propósito maior para nossa permanência.

– Que é?

– Testar essa pequena teoria minha.

Eu estava bem consciente de que era inútil perguntar o que era essa teoria. Eu conhecia meu amigo de tempos e sabia como ele gostava de me surpreender em sua forma teatral, revelando na undécima hora certa evolução notável na investigação. Ele explicava tudo no momento em que lhe convinha e não antes, apesar de quaisquer súplicas minhas. Se eu aprendera alguma coisa em meus anos com Sherlock Holmes, era a paciência.

Continuamos nossa jornada para Holden Hall, deixando todos os sinais de habitação para trás. Ficamos envoltos por um mundo verde de farfalhar, brotos verdejantes, canto de pássaros e chamados de animais: um mundo natural longe da ganância e crueldade da humanidade. Eu havia entrado em um devaneio sobre a desumanidade do homem para com o homem quando Holmes cutucou meu cotovelo e apontou. Por entre as árvores, observei ao longe uma casa grande, com uma vasta extensão de água para além dela.

– Lá está nosso destino.
– O lago?

Meu companheiro sorriu.

– Não exatamente. O chalé de Alfred. Lembre-se que nosso amigo loquaz na pousada nos informou que seu chalé ficava perto do lago. Agora, a fim de tornar nossa visita menos pública, sugiro que desmontemos aqui, escorreguemos sobre o muro ali e sigamos a linha de árvores, usando-a como cortina, até chegarmos à água.

– E se formos vistos, percebidos? Deve haver um guarda-caça em patrulha.

– Pensarei em algo, não tema.

– Pode não nos ser dada a oportunidade de explicar-nos.

– Você sempre olha para o lado negro, Watson. Tem o seu revólver consigo, não é mesmo? Bom. Agora venha.

Deixando o cavalo e a carroça fora da estrada atrás de uma moita, escalamos o muro baixo e entramos no terreno de Holden Hall.

Agora já eram duas da tarde e a promessa inicial de um belo dia de primavera diminuia. Nuvens cinzentas amorfas se formavam no céu, gradualmente, mas implacavelmente bloqueando qualquer vestígio do azul pálido. A brisa também endurecera, sacudindo os ramos acima de nossas cabeças, agitando os novos brotos verdes descontroladamente.

Não havia nenhum caminho e assim miramos na direção do lago e partimos. Depois de andar cerca de trezentas jardas pela floresta, com a vegetação densa e verde pressionando-nos de ambos os lados, Holmes parou e puxou uma luneta do casaco. Então ele passou-a para mim, indicando aonde eu deveria olhar. Movi a luneta lentamente pelo terreno além das árvores. Olhei para as águas cinzentas e agitadas do lago e então movi meu olhar para o gramado na margem e para o alto até as árvores no horizonte. Foi então que o vi. Um pequeno chalé pousava à beira do bosque acima do lago. Era um pequeno prédio, em ruínas e de pedra cor-de-mel. O jardim parecia estar crescido e as janelas estavam turvas de sujeira.

– O chalé de Alfred – sussurrei.

– Deve ser. Observe como o bosque curva-se atrás dele. Podemos ir até a parte traseira do edifício, continuando a usar as árvores como cortina – disse ele, embolsando seu telescópio. – Venha, Watson, o jogo começou. – E com este enunciado, ele se foi em grande velocidade através do mato.

Conforme nos movíamos através das árvores alinhados com a curva do lago, ouvimos o eco de um tiro na floresta atrás de nós. Atiramo-nos ao chão e escutamos. Momentos depois, houve outro estalo de tiros.

– Há um guarda-caça por perto – sussurrei asperamente.

– E realizando sua tarefa designada, pelo que ouvimos – comentou Holmes com um sorriso apertado. – Aqueles tiros foram a uma certa distância. Desde que mantenhamos nossos sentidos alertas, não devemos ter nenhuma dificuldade de escapar de sua atenção.

Esperamos em silêncio por algum tempo, mas não ouvimos nenhum outro ruído de tiros e assim recomeçamos nossa caminhada pelo mato. Enquanto nos movíamos, forcei meus ouvidos a captarem qualquer som incomum, qualquer coisa que sinalizasse que o perigo estava próximo, mas além do vento por entre as árvores e o barulho ocasional de um animal, não ouvi nada de significância.

Dentro de dez minutos havíamos chegado à seção do bosque diretamente atrás da casa. O edifício parecia quieto e vazio. Não havia fumaça espiralando de sua chaminé bêbada e nem visão nem som que sugerisse que estava ocupada.

– Espero que estejamos fazendo a coisa certa, Holmes. E se ele pertence a algum outro trabalhador da propriedade?

Holmes ignorou meu comentário e fez sinal para segui-lo para fora do bosque, em direção ao chalé. Com algumas dúvidas, eu o segui.

Havia um muro baixo e alguns anexos na traseira do imóvel e um cercado que em algum momento obviamente contivera galinhas.

Holmes me instruiu a ficar perto do muro enquanto ele, agachando--se, aproximou-se da janela e olhou por cima do parapeito. Ele se virou para mim e balançou a cabeça.

– Você fica aí e fora de vista – ele sussurrou –, e eu darei uma olhada pela frente.

Antes que eu tivesse a oportunidade de responder, meu companheiro desaparecera do lado da casa. Com um movimento de ombros resignado, ajoelhei-me na grama úmida perto do muro e esperei. O tempo passou sem sinais de movimento na casa. Uma garoa fina agora começava a cair e eu ficava tenso a cada pequeno ruído: o ranger e farfalhar das árvores atrás de mim, o grito irreconhecível de uma criatura da floresta e o gemido do vento que varria os cantos do chalé.

O velho chalé olhava para mim sem expressão, com as janelas sujas e a porta escurecida e distorcida revelando nada de seus segredos.

Após um tempo, a impaciência superou todas as outras considerações. Levantei-me, com a intenção de seguir Holmes até a frente do chalé, quando de repente a porta traseira começou a se mover. Eu caí de joelhos novamente e observei. No início, a maçaneta tremeu indignada e então começou a girar com um rangido enferrujado. Prendi a respiração quando a porta sacudiu da moldura deformada e começou a abrir, com relutância, quase uma polegada por vez. Automaticamente, minha mão alcançou o bolso de meu casaco procurando por meu revólver quando uma figura escura, com o rosto na sombra, foi revelada na porta.

– Desculpe tê-lo mantido esperando – veio uma voz, obviamente a me abordar. – Entre.

CAPÍTULO OITO

O SEGREDO DO CHALÉ

A figura escura surgiu da porta de entrada para a luz do dia. Era Sherlock Holmes.
– Venha, Watson – disse ele. – Não há mais necessidade de permanecer escondido.

Meu amigo me levou para o chalé, empurrando a porta de volta para sua moldura deformada pelo tempo para que ela se fechasse atrás de nós. Ele deve ter percebido a preocupação em meu rosto, pois me deu um tapinha nas costas, tranquilizando-me.

– Não fique tão preocupado, Watson. Não há ninguém aqui além de nós.

– Uma viagem perdida, então.

– Pelo contrário – brilhou Holmes –, este lugar é uma verdadeira casa do tesouro. Venha, deixe-me mostrar-lhe.

Tomando meu braço, ele me levou para uma pequena cozinha. No centro havia uma mesa de madeira rústica sobre a qual havia um pedaço bolorento de pão, três pratos de latão sujos e umas louças. Sobre a lareira estava pendurada uma grande panela gordurosa que continha os restos congelados de uma mistura imunda.

– Bastante louça suja para um trabalhador da propriedade, não acha? – Holmes disse, incisivamente.

– Um preguiçoso trabalhador da propriedade. É óbvio que ele não lavava a louça há algum tempo.
– Não exatamente. A análise desses pratos revela que eles contêm restos da mesma refeição.
– O que está sugerindo?
– Ao examinar os restos aqui – disse ele, pegando o que parecia ser os ossos de um coelho de um dos pratos –, parece claro que duas pessoas compartilharam deste guisado de coelho. Dois pratos, duas canecas e dois conjuntos de talheres. – Ele largou o osso e ele bateu ruidosamente sobre o prato.
– Duas pessoas. Mas quem?
– Ora, Watson. Use seu cérebro. Quem precisa se esconder aqui?
– Suponho que queira dizer Melmoth. Alfred recebe o caixão, e Melmoth herda o chalé para ficar escondido por um tempo.
Holmes assentiu.
– E...?
– Não pode ser Tobias Felshaw. Ele estava em Londres ontem e ele estará no funeral hoje.
– De fato. Então, quem é o outro personagem neste enigma que continua desaparecido?
Pensei por um momento e então a resposta veio a mim em um clarão ofuscante.
– Não pode ser o pai da senhorita Andrews, sir Alistair? – Gritei.
– Na mosca – ele gritou, esfregando as mãos com entusiasmo. – Bom homem. Sim, claro. Um lugar ideal para mantê-lo como prisioneiro até que eles o forçassem a decifrar a chave de Setaph e então o pergaminho roubado. Há duas camas no andar de cima, ambas com sinais de que se dormiu nelas, mas uma ainda tem corda amarrada na cabeceira, obviamente onde sir Alistair ficou preso durante a noite. E aí há isto...
Mais uma vez ele me pegou pelo braço e me puxou para a pequena sala da frente do chalé. A única mobília da sala era um sofá antigo e uma poltrona puída arrastada para perto da pequena lareira. Holmes se inclinou para o lado dessa cadeira e pegou um punhado de papéis amassados que estavam ao chão a seu lado.

— Olhe isto — disse ele, sorrindo e jogando-os na minha mão. Levei-os até a janela sem cortinas, onde a luz cinza que entrava através das manchas me proporcionou iluminação suficiente para examinar os papéis. Eles realmente não faziam sentido para mim, mas podia ver que eles continham uma variedade de hieróglifos egípcios. Enquanto eu olhava para eles com total perplexidade, o significado completo das implicações de Holmes me atingiu com força.

— Não são rabiscos ociosos, mas um trabalho sistemático de imagens: hieróglifos. As folhas são prova irrefutável de que sir Alistair Andrews esteve aqui e que ele vem trabalhando na chave de Setaph — ele anunciou com alegria. — Cada uma delas possui sua pequena assinatura idiossincrática de Tot no canto.

Observei o esboço cru do deus com cabeça de íbis, idêntico ao que a senhorita Andrews nos mostrara na carta de seu pai.

De repente, o humor de Holmes mudou e ele bateu a mão na cadeira.

— Fui lento, Watson. Dolorosamente lento. Se tivéssemos chegado ontem, a julgar pelo estado desse guisado, teríamos pego nossos pássaros em novo ninho. Mas agora eles voaram.

— E sir Alistair? Não acha que o mataram, não é?

Meu amigo balançou a cabeça.

— Eles não podem se dar ao luxo de se livrar dele até que o manuscrito dos mortos esteja em suas mãos. Ele poderia facilmente tê-los enganado com a tradução. Eles são inteligentes demais, cautelosos demais, para correr esse risco. Ah não, eles o manterão perto deles até sua busca diabólica chegar ao fim. Esse é nosso único consolo. Olá, o que temos aqui?

Holmes se inclinou sobre a poltrona e do lado da almofada antiga ele tirou um pequeno pedaço de papel. Ele se juntou a mim perto da janela para examiná-lo. À primeira vista, o papel parecia ser uma outra folha de anotações de sir Alistair, mas em uma análise mais aprofundada, eu pude ver que os desenhos não eram obviamente egípcios.

— O que temos aqui? — Holmes repetiu lentamente, mais para si mesmo do que para mim. Ele ponderou alguns minutos, virando o papel em diferentes direções, até que soltou um grito de alegria.

– Claro! Claro! – Ele gritou. – Os deuses realmente nos foram úteis ou, pelo menos, sir Alistair foi.
– O que quer dizer?
– Olhe para isso, Watson. Pequenos desenhos ardilosos.

Olhei por cima do ombro de meu amigo para o papel. Havia vários esboços simplistas e crus nele.
– O que me diz disso, Watson?
– Não muito: rabiscos sem motivo – respondi.
– Rabiscos eu garanto. Mas eles têm uma mensagem. Diga-me o que vê.
– Bem, parece haver uma casinha. Uma das janelas está escura; aí há umas escadas e um tipo de jarro e o que parece um caixão.
– Não é um caixão comum...
– Não, não. Você está certo. É um caixão egípcio: um sarcófago.

Holmes estendeu a mão, à espera de mais. Eu não tinha mais nada a dizer.
– Sei, isto é, não sei – eu disse. – Obviamente você acredita que esses desenhos têm algum significado.
– Acredito que sim, e podemos descobrir em breve.
– Como?

Holmes riu.
– Siga-me. Se entendi bem, o recado enigmático foi deixado pelo refém de Melmoth no caso de alguém descobrir este buraco.

Agora Holmes pulava escada acima comigo em seus calcanhares. No estreito patamar, ele parou e consultou o desenho novamente.
– Somente dois quartos no andar superior. Veja, a janela no canto superior esquerdo no esboço é a escura, por isso deve ser este quarto.
– Ele correu para dentro da sala à esquerda e correu para a janela com um grito de alegria. – Nosso jarro – ele exclamou e, do peitoril da janela, ele tomou o jarro de água encardido com padrão de salgueiro que se assemelhava ao esboço infantil no papel. Ele o virou de cabeça para baixo na expectativa de que algo cairia. Nada. Um centelha de consternação passou por sua testa e, hesitante, ele enfiou a mão dentro do jarro. – Ah! – Gritou ele, em triunfo – Há algo aqui, preso firmemente contra a parede interna.

Ainda com a mão dentro da jarra, ele foi até a lareira e quebrou o ornamento na cornija de chumbo. Houve uma explosão de porcelana, com pequenos cacos azuis voando em todas as direções. Com mais um grito de satisfação, ele puxou duas folhas de papel dos pedaços e examinou-os cuidadosamente.

– Um tesouro de verdade, Watson.
– O que são?
– Rascunhos. Mas rascunhos muito preciosos. Acredito que uma é cópia da chave para o manuscrito de Setaph e a outra é uma cópia do próprio manuscrito.

Ele os entregou a mim e, embora eu pudesse determinar que representavam uma série de desenhos egípcios, com representações cruas de figuras, animais e símbolos, o sentido era impenetrável.

– Você não vê? – Exclamou Holmes, com a voz alta de entusiasmo. – Sir Alistair deixou isso para trás, a fim de ajudar a rastreá-lo... e seus sequestradores. Ele deixou para trás todas as informações que seus captores possuem.

– Mas como ele poderia saber que alguém viria procurá-lo aqui?

Holmes sorriu para si mesmo do jeito que sempre fazia quando sua compreensão da situação era maior do que a minha.

– Digamos que foi o ato de um homem se afogando e se agarrando em junco. No entanto, ele teria sabido que sua filha determinada não teria simplesmente ficado em casa sem fazer nada enquanto ele estava preso em algum lugar. Ele sabia que ela colocaria cães em seu rastro. – Ele acenou com as duas folhas de papel no ar. – E no caso de...

– Mas por que deixar a chave e não a solução?

Holmes deu de ombros.

– Talvez porque ele não tenha revelado todos os detalhes a Melmoth e o jovem Felshaw. Por enquanto ele é útil para eles, sua vida está segura. Seria insensato deixar a solução completa onde fosse possível que eles tropeçassem nela. E, claro, ele pode não ter resolvido o quebra-cabeças da chave ou do manuscrito.

– Isso faz sentido – concordei –, mas não nos ajuda muito porque também ainda temos de resolver os enigmas.

Surpreendentemente, Holmes abriu um largo sorriso.

– Para o autor de uma monografia sobre o assunto insignificante de escrita secreta em que analisei 160 cifras separadas, este antigo enigma não deve ser demasiado difícil. – Meu olhar de descrença, incitado por esta declaração arrogante, fez com que Holmes explodisse em um de seus ataques raros de riso. – Tenha um pouco de fé – ele gritou por fim, sufocando suas gargalhadas.

– Acho que precisaremos de um pouco mais do que fé – disse eu.

* * *

Algum tempo mais tarde, depois que Holmes havia vasculhado a casa por mais pistas para garantir que ele não havia esquecido alguma coisa de importância, começamos nosso regresso até o cavalo e carroça que nos esperavam. Estávamos na parte mais densa do bosque, onde tivemos de atravessar a folhagem com algum esforço, quando, sem aviso, Holmes me empurrou no chão em uma porção de pasto alto e molhado. Ele aterrissou a meu lado e, antes que eu tivesse chance de reagir, ele pôs os dedos em minha boca para abafar qualquer pronunciamento que eu poderia fazer.

– Guarda-caça – ele sussurrou em meu ouvido e me soltou.

Eu segui a linha de seu olhar e vi um sujeito atarracado de calças de lã campestres a cerca de cinquenta jardas de distância de nós. Ele estava carregando uma arma de cano duplo.

– Não acho que ele tenha nos visto, mas ele certamente parece estar à procura de algo ou alguém. Melhor ficarmos quietos, a menos que ele chegue muito perto, e então teremos de correr – disse Holmes.

Apesar de nossa discrição, provavelmente fôramos vistos em frente ao chalé de Alfred e o guarda-caça agora tentava pegar nosso rastro. Ele estivera de pé, imóvel como um animal por um tempo, sentindo o ar e então ele se virou em nossa direção e começou a caminhar até nós. Enquanto ele se aproximava, pude ver que ele era um homem bruto e de rosto vermelho, com dois olhos pequenos e malvados posicionados sob uma sobrancelha loira desgrenhada. Ele colocou a arma ao ombro e apontou para uma árvore próxima e, em seguida, moveu-a ao redor em um semicírculo, como se estivesse à procura de um alvo.

Ele chegou mais perto, e suas botas pesadas esmagaram a cobertura de folhas e gravetos secos no chão do bosque enquanto ele o fazia. Meu coração começou a bater rápido. Eu tinha certeza de que a qualquer momento ele nos descobriria e nos explodiria para o reino vindouro. Ele certamente não parecia o tipo de homem que questionaria nossa presença na propriedade. A seus olhos éramos invasores e, portanto, éramos presas justas. Instintivamente, minha mão pegou minha arma, embora eu me lembrasse de que seria totalmente inadequado usá-la, a menos que estivéssemos nas consequências mais terríveis. Mais uma vez, Holmes e eu nos colocáramos no lado errado da lei e portanto éramos os meliantes neste caso.

Abaixei-me o mais plano que pude no pasto alto, enquanto ainda mantinha os olhos no progresso do guarda-caça. De repente, o ar foi rasgado por um ruído animal estranho: um estridente grito rouco. Veio de longe a nossa esquerda, passando drasticamente pelo som das folhas farfalhantes. Isto parou nosso guarda-caça no lugar e ele congelou como uma estátua rústica. Ele esperou alguns instantes e, em seguida, o grito veio novamente. Desta vez, ele se virou e correu na direção do som.

– Existem dois deles – disse Holmes finalmente, depois de nosso adversário desaparecer de vista. – Aquilo foi um sinal de chamada de seu parceiro. Oportuno para nós. Mais um minuto e acredito que teríamos conhecido muito desagradávelmente o homem e sua arma.

– Quanto mais cedo sairmos daqui, melhor – eu disse, ficando de pé e me limpando.

Holmes sorriu.

– Sentimentos com os quais eu sinceramente concordo.

Sem mais delongas, retomamos nossa caminhada até a borda da propriedade. Estávamos muito mais cautelosos e apreensivos do que antes, agora que entráramos em contato com o perigo tangível que estava a nossa espera no bosque. No entanto, não andáramos mais do que quatrocentas jardas quando ouvimos uma voz nos chamar:

– Parem, seus patifes, ou eu atiro.

Virei-me no mesmo instante e tive um vislumbre através da vegetação de uma outra figura de calças de lã transportando um cano duplo. Ele era mais alto e menos amplo do que o primeiro, mas seu comportamento era tão ameaçador quanto o do outro.

– Continue andando – sussurrou Holmes.

Antes que eu tivesse chance de responder, houve uma forte explosão e o pequeno galho acima de minha cabeça rachou-se e caiu no chão.

– Céus, ele quer nos matar – eu engasguei, tropeçando para a frente.

– Somos parasitas para ele, sem dúvida – observou Holmes em um sussurro incisivo –, mas esse tiro foi amplo demais para ser uma séria ameaça. Ele só quer nos assustar. Mantenha-se abaixado e em movimento.

Eu fiz como me foi ordenado.

Outro tiro soou e eu senti meu chapéu voar de minha cabeça.

– Esse foi sério o suficiente para mim – eu disse, tropeçando para a frente e pegando meu chapéu. Parte da borda estava faltando e uma grande cicatriz carbonizada corria ao longo da banda.

Passamos com dificuldade através do mato denso, tropeçando em galhos caídos e sendo puxados por espinheiros rebeldes, até que emergimos em uma clareira e pudemos aumentar nossa velocidade. Na distância, podia ver a estrada acenando. Nossa última volta. Vislumbrando um caminho que parecia levar à borda da propriedade, descemos a todo passo, mas eu estava consciente de que nosso perseguidor ainda estava obstinadamente atrás de nós. Olhando à frente, vi com horror que nosso caminho estava bloqueado pelo sujeito de rosto vermelho, que devia ter corrido à frente de nós, usando outro caminho. Ao nos avistar, suas feições coradas torceram-se em um sorriso cruel.

– Alto lá, cavalheiros – gritou ele com um sorriso de escárnio, nivelando a arma para Holmes. Sem pensar, eu joguei meu chapéu com alguma força em seu rosto. Acertou-o na ponte do nariz e ele cambaleou para trás de surpresa. Quando ele fez isso, Holmes saltou para a frente e deu-lhe um soco certeiro no queixo. O sujeito caiu de costas, batendo a cabeça no tronco de um carvalho. Os olhos rolaram, o queixo caiu e ele perdeu a consciência.

Holmes pegou o rifle e se virou para nosso perseguidor que, ao ver meu amigo com uma arma, reduziu para um trote. Ele parou completamente quando Holmes levou o rifle ao ombro e fez pontaria. Meu amigo disparou acima da cabeça do sujeito, e o tiro ecoou como um trovão fantasma no ar, enviando uma chuva de folhas para baixo na cabeça de nosso perseguidor. Ele prontamente jogou-se no chão de terror e, em seguida, quando Holmes levantou o rifle mais uma vez, ele se levantou e fugiu pelo caminho que viera. Holmes disparou um tiro final, mais uma vez no ar, enquanto o guarda-caça desaparecia de vista.

O de rosto vermelho gemia alto enquanto lentamente recuperava a consciência.

– Venha, Watson, vamos sumir daqui – gritou Holmes alegremente, jogando a arma no chão. Assim dizendo, ele correu em direção ao muro do perímetro. Com o coração batendo forte, eu peguei os restos de meu chapéu e corri atrás dele.

CAPÍTULO NOVE
COMPLICAÇÕES

Duas horas depois de nossas façanhas na propriedade de Felshaw, Holmes e eu estávamos acomodados em um carro de primeira classe sacudindo de volta para Londres. Com nossa aventura no bosque completamente esquecida, meu companheiro estava sentado e curvado próximo à janela, debruçado sobre os documentos que ele havia resgatado do chalé da propriedade, enquanto grossas colunas de fumaça cinza rolavam do fornilho de seu cachimbo. Ele rabiscava desenhos e palavras em seu bloco de notas constantemente, enquanto murmurava ocasionalmente para si mesmo, mas não fez qualquer tentativa de se comunicar comigo. Recostei-me em meu lugar, conformado com uma viagem silenciosa, e fechei os olhos. O sono logo me dominou.

Quando acordei, a noite havia caído e o compartimento estava banhado pelo brilho âmbar de duas lâmpadas a gás. Holmes ainda estava sentado perto da janela, mas agora ele olhava para a escuridão da noite, e suas feições de falcão olhavam de volta para ele do vidro escurecido. Os documentos jaziam descartados em seu colo. Consultei meu relógio. Deveríamos chegar em Londres mais ou menos nos próximos quarenta minutos.

– Já deu para encontrar algum sentido na chave? – Perguntei a Holmes timidamente.

Ele virou o olhar para mim, como se tivesse acabado de perceber que eu estava lá no compartimento com ele, tão profundos eram seus pensamentos.

– Creio que sim. Há várias questões que ainda permanecem encobertas, mas espero que, com um mapa adequadamente antigo do Egito e tendo feito certas investigações, poderei me satisfazer quanto a seu significado. Tal como acontece com todas as coisas que correspondem a Setaph, nada é o que parece.

– Quer dizer que já decifrou o código?

– Não fique tão surpreso.

– Bem, eu estou. Se egiptólogos proeminentes falharam ao longo dos anos em interpretar este documento, e você conseguiu fazê-lo em questão de horas, é mais do que surpreendente. É notável.

Holmes deu um grunhido.

– Essa é a linguagem excessivamente emotiva do escritor, Watson. Na verdade, os egiptólogos abordaram o problema do código de Setaph, mas eles abordaram o problema de sua perspectiva de egiptólogos, e não como eu o fiz, com a abordagem científica objetiva de um decifrador de códigos. Os códigos, sejam escritos pelos antigos egípcios ou pelo homem na lua, tem de seguir determinados padrões estabelecidos e é o isolamento desses padrões que é de suma importância, e não a cultura ou a nacionalidade do homem que criou o enigma.

– Então sabe onde jaz o manuscrito dos mortos?

Holmes me deu um sorriso malicioso.

– Como já insinuei, creio que deva fazê-lo quando eu consultar um mapa do antigo Egito e me satisfizer com relação à precisão de determinados dados que possuo. – Com esta réplica, Holmes fechou os olhos e fingiu dormir.

**

Havia outra surpresa nos aguardando ao voltarmos à Baker Street. Ao entrarmos no hall do 221B, eu quase caí sobre um grande baú colocado lá. Enquanto me reequilibrava, a Sra. Hudson, sem dúvida perturbada pelo barulho, apareceu na porta de sua sala.

– Ah, cavalheiros, aqui estão finalmente. – Sua voz estava ansiosa e suas feições franzidas de preocupação.
– O que foi, Sra. Hudson? – Perguntou Holmes em seu mais suave tom enquanto lançava um olhar treinado sobre o baú.
– É aquela moça, a que esteve aqui ontem. A senhorita Andrews...
– O que tem ela?
– Ela está aqui agora... em seus aposentos... insistindo em vê-los.
– Este baú é dela, imagino?
– Certamente que é, Sr. Holmes. Creio que ela tenha colocado na cabeça que ela deve ficar aqui nesta casa. Não sei o que é isso tudo, Sr. Holmes, mas simplesmente não temos espaço para outro inquilino...
– A senhorita Andrews ficar aqui? – Engasguei. – O que ela está pensando, Holmes?

Meu amigo mal conseguia esconder o sorriso que estava em seus lábios.

– Por favor, nenhum dos dois se preocupem. Estou certo de que este assunto pode ser resolvido muito facilmente. No entanto, Sra. Hudson, certamente que pode preparar uma cama para a moça só por esta noite? – Ele consultou o relógio do hall. – Não falta muito para a meia-noite e seria insensível e imprudente pô-la na rua a esta hora. Não concorda, Watson?

Eu não respondi. Eu estava muito pasmo.

– Bom – piou Holmes, tomando meu silêncio e o da Sra Hudson como aquiescência a sua sugestão.

Nossa senhoria deu um de seus longo suspiros cansados.

– Muito bem, Sr. Holmes. Uma noite e apenas uma noite.
– Certamente. Agora, então, Watson, vamos descobrir o que esta jovem determinada tem a dizer ela mesma.

Com isso, ele subiu a escada em direção a nossa sala de estar.

Como se viu, inicialmente nossa visitante, a senhorita Catriona Andrews, não tinha nada a dizer ela mesma porque estava dormindo. Entrei no quarto logo atrás de Holmes, e tive um vislumbre da menina, vestida com a mesma roupa que usava no dia anterior, sentada em minha cadeira perto da lareira, com a cabeça pendendo para a frente no peito. Ela era uma jovem impressionante com traços fortes e embora não fosse bonita em sentido amplo, havia algo em sua boca e seus olhos e seu comportamento franco que era muito atraente. Era um enigma para mim que ela não tivesse um amigo cavalheiro para ajudar-lhe a compartilhar seus fardos. Era claro que sua dedicação ao pai era completa.

– Um conhaque de saideira para nossa hóspede, Watson, e um para mim também, se não se importar. – Holmes jogou suas roupas exteriores e aumentou o gás, enquanto eu me ocupava de preparar as bebidas. O barulho de nossa atividade trouxe a menina de volta à consciência. Ela se mexeu sonhadora de início e então, sacudindo sua fadiga, estava de pé e olhando para meu amigo.

– Finalmente voltou, Sr. Holmes. Quais são as notícias? Ah, por favor me diga, quais são as notícias?

– Acalme-se, senhorita Andrews. Pegue o conhaque de Watson, que vai acalmar os nervos.

Os olhos azuis se viraram em minha direção e com uma mão tremendo ligeiramente ela pegou o copo de mim.

– Obrigada – disse ela em voz baixa.

– Assim é melhor – murmurou Holmes enquanto se sentava em frente a ela. – Agora, antes que eu lhe conte minhas notícias, faria a gentileza de explicar sua presença aqui e por que decidiu dar um susto em minha senhoria trazendo sua bagagem junto consigo?

A menina tomou um gole da bebida antes de responder. Ao fazê--lo, ela olhou para meu amigo com um olhar firme. Suas feições, tendo se livrado da suavidade do sono, mais uma vez mostravam uma determinação rígida.

– Pensei muito sobre o que me disse em minha visita aqui ontem. Em minha mente, percorri os eventos que levaram ao desaparecimento de meu pai e agora estou completamente convencida de que está correto em sua suposição: ele foi sequestrado por causa de seu conhecimento especial sobre o manuscrito. Portanto, o caminho óbvio de ação é viajarmos para o Egito para seguir as pistas lá. É por isso que estou aqui, com malas e pronta para ir.

A expressão plácida de Holmes permaneceu impassível e ele não disse nada, mas eu não consegui impedir-me de interromper neste momento:

— Certamente não acha que permitiríamos que nos acompanhasse em tal viagem, senhorita Andrews — gritei. — Há perigos... — Não fui adiante em meus protestos, pois a jovem virou-se para mim, com uma indignação feroz que irradiava de seus olhos.

— Permitirem! — Ela respondeu asperamente. — Permitirem! Não vivemos na Idade Média agora, doutor Watson. Não é dado ao senhor, ou a qualquer homem, dizer o que posso ou não posso fazer. Sou uma cidadã independente de um país democrático e posso e farei tudo o que eu desejar dentro dos limites da lei, da moral cristã e dos bons costumes. Talvez eu devesse considerar se eu deveria "permitir" que me acompanhem ao Egito. Lembrem-se, eu tenho um grande conhecimento do país, seus costumes e geografia. Pensei que teriam bom senso suficiente para perceber que companheira inestimável eu poderia ser neste empreendimento.

— Eu só quiz dizer... — disse eu, surpreso com a veemência do discurso inflamado da senhorita Andrews.

— Como tantos homens, doutor Watson, o senhor fala antes de pensar.

Holmes permitiu-se uma risada leve.

— Segure seus cães, senhorita Andrews. Acho que compreendemos o que quer dizer. Certamente, não se pode questionar sua tenacidade e determinação, mas, diga-me, por que está tão convencida de que nossa busca nos leva ao Egito?

— Aonde mais? O túmulo de Setaph está lá. Os homens que sequestraram meu pai estão atrás do manuscrito dos mortos, não é?

Holmes assentiu.

— Então, mais cedo ou mais tarde eles irão para o Egito. O senhor disse que acreditava que essas criaturas desprezíveis iriam manter meu pai até que tivessem o manuscrito mágico de Setaph em suas mãos. — Ela parou por um instante e o fogo em seus olhos cintilava baixo. — Ainda mantêm essa crença?

— Mantenho.

— Então, não há motivo algum em procurar uma agulha em um palheiro na Inglaterra, quando sabe que a bacia do Nilo é o destino final.

– Senhorita Andrews, o que diz é admiravelmente fundamentado. Apesar de eu não ter conseguido a agulha no palheiro à qual se refere, consegui mais informações que nos ajudarão a diminuir nosso campo de investigação.
Seu rosto se iluminou.
– Então, por favor diga-me tudo. Se tem informações sobre o paradeiro de meu pai, então pelo amor de Deus, conte-me.

Holmes pareceu tocado por seu apelo emocional e prestou-lhe um relato conciso, editado com muito tato, de nossa jornada pastoral em Norfolk. Suas bochechas coraram com emoção e ela se sentou para a frente em sua cadeira, como uma criança ansiosa, quando seu pai foi mencionado. Ela era uma mulher de muitos humores e temperamentos inconstantes e dramáticos e, como um camaleão, ela tinha uma predileção por entrar e sair deles conforme suas emoções ditavam.

– Pelo menos sabemos que ele ainda está vivo – ela suspirou, caindo para trás em sua cadeira, quando Holmes havia terminado.

– Sim... sabemos.

– E isso prova que estava certo em sua suposição sobre o manuscrito de Setaph.

– Sei que sou apenas um mero homem, senhorita Andrews, mas como detetive consultor cuja metodologia é o raciocínio dedutivo, posso garantir-lhe que nunca suponho.

– Peço desculpas. Seus planos agora são para o Egito?

Houve uma longa pausa enquanto Holmes olhou através da moça para as chamas bruxuleantes do fogo, com as sobrancelhas contraídas como se estivesse preso em um transe. E então, de repente, ele rompeu seu devaneio e abordou a moça rapidamente.

– Certamente, como a senhorita supôs tão corretamente: o Egito é nosso destino. Amanhã faremos nossos arranjos. Quanto mais cedo pusermos os pés na areia do deserto, mais cedo este caso será levado a uma conclusão e poderemos devolver-lhe seu pai.

– Sr. Holmes, devo ir com vocês. Eu... eu insisto nisso!

– Senhorita Andrews, tenho a completa intenção de que deva acompanhar Watson e eu. Como a senhorita tão astutamente indicou a meu querido amigo, seu conhecimento especializado poderia ser de uso especial para nós em nossa busca.

– Estou tão aliviada – ela suspirou.

Holmes sorriu educadamente, mas evitou meu olhar.

– Também gostaria de ver os documentos que encontrou no chalé. Posso ser capaz de ajudá-lo a decifrá-los.

– Tudo a seu tempo – respondeu Holmes, vivamente. – No momento, chamarei a Sra. Hudson, nossa governanta, e ela garantirá que esteja confortável para a noite. Nesse meio tempo, pretendo debruçar-me sobre uns mapas com uma pitada de fumo e, Watson, é melhor que tenha uma boa noite de descanso. Eu o quero batendo na porta da Cooks às nove da manhã para obter nossos bilhetes de passagem para o Egito.

CAPÍTULO DEZ

OS ENGANADORES, ENGANADOS

Minha cabeça mal tinha tocado o travesseiro quando os vapores refrescantes do sono enrolaram-se em torno de mim. Foi um sono profundo e sereno, sem sonhos. No entanto, em algum momento, sons doces e melancólicos pareciam penetrar através da névoa da inconsciência. Embora fracos, mesmo abafados, eles eram persistentes, querendo que eu tomasse conhecimento deles. Lentamente, com relutância, meu cérebro cansado me provocou e então me despertou para a vigília. Fiquei deitado por alguns momentos na escuridão de veludo de meu quarto, ainda drogado pelo sono e ainda assim eu estava consciente dos sons. Levou alguns momentos, conforme a realidade se impunha à minha mente fatigada, antes que eu compreendesse o que estava ouvindo. Era música: cadenciada e melancólica, tocada em um violino.

Agora totalmente acordado, a explicação era simples: Holmes mantinha uma vigília melódica. A música vinha como um grito triste de nossa sala de estar abaixo. Em outras ocasiões, eu teria me virado para o lado e rendido meu corpo cansado ao sono outra vez, mas naquela noite algo me empurrou a apanhar meu roupão e deslizar para nossa sala de estar abaixo.

Entrei calmamente. A sala estava mal iluminada e Holmes era uma silhueta contra a cortina da janela, de costas para mim, com seu Stradivarius delicadamente seguro sob o queixo, o arco se movendo com uma facilidade lenta e magistral sobre as cordas.

Quando fechei a porta atrás de mim, a música parou. Holmes congelou.

– Espero que meu recital noturno não o tenha mantido acordado, velho amigo – disse ele em voz baixa, com uma preocupação genuína em sua voz.

– De modo algum.

Ele virou-se de frente para mim com um sorriso largo.

– Bom. Um pouco de Brahms não só é bom para a alma, é um lubrificante para os processos de pensamento. Ajuda a se chegar a um acordo com as realidades, as eventualidades... os fatos. – Por um momento seu rosto escureceu, a testa franziu e eu já não estava lá: ele falava sozinho. E então, da mesma forma que o sol surge por trás de uma nuvem cinza, ele me deu outro sorriso largo, colocou seu violino na mesa e mandou-me tomar minha velha cadeira perto do fogo.

– Tudo está longe de ser o que parece ser neste caso, Watson – disse ele, sentando-se a minha frente e inclinando-se para agitar o fogo que desaparecia para que as brasas brilhassem novamente por um momento, colocando suas feições agudas em relevo âmbar. – São areias movediças. Na verdade, elas moveram-se novamente hoje mesmo. Estamos cercados por enganação e enganadores. Trapaceiros. De Setaph até...

– Eu gostaria de ouvir.

– Para seu relato, sem dúvida.

– Para que possa compartilhar seu fardo – respondi de maneira uniforme.

– Ah, Watson, você é um bom companheiro. Eu às vezes subestimo suas qualidades.

– Certamente o faz.

Holmes deu uma risada sem alegria e então disse calmamente:

– Estou perdido sem meu Boswell.

Ele ficou parado por um momento, como um manequim para o mundo todo no Madame Tussaud e então, esfregando as mãos com uma espécie de alegria sarcástica, ele sentou-se em sua cadeira e começou a me contar a verdade notável relativa ao manuscrito dos mortos e aqueles preocupados com sua descoberta.

* * *

Quando voltei para meu quarto, minha mente estava em um redemoinho. Era como se eu estivesse em pé em uma janela, observando a cena através de cortinas grossas e agora Sherlock Holmes, com sua maravilhosa facilidade para expor a verdade, retirara as cortinas e clareara minha visão. Como resultado, a cena era muito diferente daquela que eu havia percebido. As figuras em minha nova paisagem revelaram possuir diferentes personalidades e motivos. As implicações dessas revelações me mantiveram acordado pelo resto da noite.

Na manhã seguinte, fiz o desjejum com a senhorita Andrews. Holmes não foi visto.

— Ele acordou e saiu bem cedo — disse a senhora Hudson em resposta à preocupação da senhorita Andrews com a ausência de meu amigo. — Ele é desse jeito quando está em um caso, não é, Dr. Watson?

Eu balancei a cabeça em silêncio, engolindo um pedaço de torrada.

— Ele me disse que estaria de volta ao meio-dia. Agora, há mais alguma coisa que eu possa trazer-lhe, minha querida? Mais torradas ou outro ovo, talvez?

A senhorita Andrews balançou a cabeça.

Quando nossa senhoria havia se retirado para seus aposentos, a senhorita Andrews se levantou da mesa com um grito de frustração.

— Para onde ele foi? Por que não nos disse que tinha algum negócio?

Eu não podia deixar de sorrir pela ingenuidade da moça.

— Porque é assim que ele trabalha. Ele não é dado a confiar nas pessoas. Ele só deixa que os outros saibam o que ele quer que saibam. Trabalho com ele há muitos anos e ele ainda me mantém no escuro até que ele considere que o momento é o certo para iluminar minha ignorância.

Minha explicação não apagou o olhar petulante em seu rosto. Com um suspiro de irritação, ela caminhou até a janela e olhou para a rua.

Olhei para meu relógio.
– São quase nove – eu anunciei. – Hora de eu ir para a Cooks para reservar nossa passagem. A senhorita estará segura aqui até meu retorno. Se precisar de alguma coisa, basta chamar a Sra. Hudson.

A jovem abriu a cortina e encostou a testa contra o vidro frio.

– Serei uma boa menina, doutor, e esperarei pacientemente por seu retorno – disse ela em voz baixa com puro sarcasmo.

* * *

Nunca me senti confortável em enganar uma mulher, não importa o quanto fosse essencial. Esta ocasião não foi exceção, apesar da garantia de Holmes de que na verdade era absolutamente essencial. Eu tinha plena consciência quando deixei nosso alojamento como um criminoso se escondendo de que o olhar da senhorita Andrews me seguia. Zelosamente, eu chamei um cabriolé e, representando minha charada, anunciei bem mais alto do que eu pretendia que eu queria ir para a agência de viagens Cooks no Strand. À medida que nos afastamos, observei Skoyles, um dos camaradas da Baker Street, vadiando casualmente do outro lado da rua. Ele me deu um aceno alegre.

Quando o cabriolé chegou à Oxford Street, inclinei-me para fora e chamei o cocheiro, emitindo um novo conjunto de instruções. Ele torceu o rosto em uma careta.

– Ah, então as férias já eram, hein?

Eu balancei a cabeça timidamente.

Dentro de meia hora, eu me juntara a Holmes nos degraus do Museu Britânico como combinado. Apesar de sua noite sem dormir, seu rosto estava jovial. Seus olhos ansiosos e brilhantes reluziam de entusiasmo e expectativa. Eu o informei sobre minha conversa do desjejum com a senhorita Andrews e ele abriu um largo sorriso.

– É tão agradável estar no comando da vara que turva suas águas – ele gritou, virando-se para o Museu.

Sir Charles Pargetter ficou surpreso ao nos ver tão cedo após nosso último encontro.

– Realmente sinto muito interromper seu trabalho de novo – disse meu amigo sinceramente –, mas preciso de mais informações antes que eu possa avançar ainda mais com a questão do manuscrito roubado.

O egiptólogo balançou a cabeça e jogou as mãos para os lados em um gesto expansivo.

– Meu caro amigo, estou feliz em poder ajudar. Vou dizer-lhe qualquer coisa que precisar saber, se isso levar ao retorno deste artefato precioso.

– Quando o conteúdo da tumba descoberta por George Faversham e Alistair Andrews foi enviado a este país, tudo acabou dentro dos limites do Museu Britânico?

– A maior parte da coleção, sim.

– Mas não tudo? – Havia uma ansiedade acentuada na voz de Holmes que fez sir Charles enrugar a testa de forma preocupada.

Sua resposta foi cuidadosamente considerada:

– Vários itens permaneceram no Egito; mas estes não eram de interesse histórico para nós. Faversham solicitou que algumas peças fossem mantidas em sua própria posse no entendimento de que se o Museu desejasse exibi-los, poderia fazê-lo.

– Quais eram essas peças?

– Não me lembro dos detalhes de cada item exatamente. Tenho o inventário completo em meus arquivos, mas sei que eram artefatos triviais, certamente em comparação com a múmia e preciosos itens de joalharia.

– Um deles era um vaso canópico?

Os olhos de sir Charles se arregalaram por trás dos óculos grossos.

– Ora, sim, creio que era. Lembro que era um favorito particular de sir George. Ele fez um pedido especial para mantê-lo consigo.

No momento em que sir Charles deu essa informação, Holmes saltou de seu assento e estava a meio caminho da porta.

– Obrigado – ele exclamou, alegremente. – É a confirmação de que eu precisava desesperadamente.

* * *

— O que foi aquilo? — Perguntei no cabriolé enquanto voltávamos para a Baker Street.

— Ao decifrar o código, percebi que um vaso canópico é fundamental para esse enigma.

— Um vaso canópico?

— ... contém os órgãos secos do falecido envoltos em linho. O vaso de Henuttawy era um item muito interessante: com cabeça de cão e continha...

* * *

Quando pousamos na Baker Street, Skoyles, que parecia estar no diabo de uma pressa, passou afobado próximo a nós, esbarrando desajeitadamente em Holmes e, sem uma palavra de desculpas, saiu correndo pela rua. Ao invés de parecer irritado com este incidente, meu amigo sorriu.

— Bom rapaz, este.

Uma vez no hall, Holmes ergueu um recado com sua mão enluvada.

— De Skoyles — eu disse, minha mente começando a clarear.

— Um meio sutil, mas eficaz, de passar informações. Esse rapaz vai longe. — Holmes examinou o recado e deu um aceno satisfeito. — Agora, a próxima etapa do jogo deve ser realizada com cuidado. Há muito em jogo.

— O que quer que eu faça?

— Vá lá em cima. Assegure à senhorita Andrews de que nossa passagem para o Egito está reservada. Explique-lhe que ainda estou amarrando os fios de um outro caso antes de partirmos. Deixarei os detalhes com você. Afinal, ficção criativa é seu departamento.

— E então o quê? — Perguntei.

— Tome chá com ela e depois invente um paciente que requer sua ajuda.

— Holmes...

— E então — ele disse rapidamente, ignorando minha emissão —, e então me encontre no aconchegante bar do The Prince Regent na Salisbury Street, perto do Hotel Conway às 8 horas em ponto.

– Não suponho que haja qualquer sentido em perguntar por quê?
– Astuto como sempre, Watson. Às 8 em ponto, lembre-se. – Com isso, ele deslizou silenciosamente pela porta e para a Baker Street mais uma vez.

* * *

The Prince Regent era um dos pontos de encontro menos salubres nos quais eu havia esperado por meu amigo. Cheguei quinze mintues antes da hora marcada para encontrar o bar repleto de bebedores ruidosos, muitos dos quais, a julgar por seu comportamento abandonado, estavam lá já há algumas horas. O ar estava tão espesso de fumaça de tabaco que era difícil de ver o outro lado da sala. Com alguma dificuldade, caminhei até o bar, apertando-me entre um nó de marinheiros embriagados que pareciam estar prestes a perder o poder de ficar na posição vertical a qualquer momento. Finalmente encontrando um lugar no balcão, consegui prender a atenção do barman. Eu estava prestes a pedir uma bebida quando um sujeito enfiou-se a meu lado e gritou bruscamente:
– Uma caneca de sua melhor cerveja!
Puxei a manga do homem.
– Pode me conseguir o mesmo, Hardcastle – disse-lhe ao ouvido.
O homem da Scotland Yard virou-se em surpresa.
– Doutor Watson! Já está aqui. Onde está o Sr. Holmes?
– Estou aqui – disse uma voz sem corpo em algum lugar no meio da sala cheia de fumaça.
– Não há tempo para bebidas, cavalheiros. Temos uma dama para surpreender e um vilão para apreender.

* * *

– O que é exatamente tudo isso, Sr. Holmes? – perguntou Hardcastle de forma rabugenta, assim que estávamos na rua. – Eu esperava chegar em casa para um jantar tranquilo junto com a esposa esta noite.

— Sinto muito se sou responsável por balançar o barco da felicidade doméstica, inspetor, mas pensei que gostaria de estar lá quando dois dos culpados envolvidos no roubo do Museu forem apreendidos – respondeu meu amigo com mais do que uma pitada de presunção em sua voz.

Hardcastle tentou conter sua surpresa tossindo em seu lenço.

— Isso é rápido, até mesmo para seus padrões — disse ele com a voz rouca.

— Tem as algemas consigo?

— Tenho. E um mandado, conforme solicitado. Mas quem é que prenderemos?

— Tudo será revelado no momento oportuno. Agora, cavalheiros, estamos prestes a entrar no Hotel Conway. Dividiremo-nos e sentaremo-nos discretamente no saguão. Leiam um jornal ou examinem um cardápio, qualquer coisa para se misturarem com o ambiente. Fiquem de olho na recepção e observem por meu sinal para se moverem.

O Conway era um modesto hotel situado cerca de meia milha da estação de Charing Cross. Por causa de sua proximidade com a estrada de ferro, era popular com empresários visitantes e atores. Eu considerara tomar um quarto aqui quando voltei pela primeira vez da Índia, mas as taxas revelaram-se demasiado caras para um sujeito com uma renda de apenas onze xelins e seis pence por dia.

Entramos separadamente. O saguão estava muito agitado e havia poucos lugares disponíveis. Posicionei-me perto de um pilar e peguei uma cópia da Gazeta de Westminster, enquanto Hardcastle sentou-se atrás de um vaso de palmeira. Holmes sentou-se à mesa de trabalho, aparentemente compondo uma carta. Ele estava aproveitando o momento, o subterfúgio, e usando-nos, ao homem da Scotland Yard e a mim, como marionetes em seu grande plano. Claro, eu tinha uma vaga ideia do que estava acontecendo, mas certamente não dos detalhes completos ou ramificações da trama de Holmes. Consolei-me com este pensamento, pois sabia que Hardcastle estava completamente no escuro. Holmes tinha prazer em manter a polícia oficial ignorante dos eventos até o momento em que ele poderia surpreendê-los com seu brilhantismo.

Mal sabia eu naquele momento que, enquanto esperávamos e observávamos, também éramos observados. Em algum lugar nos recessos sombrios do vestíbulo, um homem loiro e alto, com um rosto branco e gordo e olhos ferozmente cruéis mantinha sua própria vigília enquanto fumava uma série de cigarros russos. Como um grande mestre, ele sabia que, apesar das artimanhas de seus protagonistas, ele ainda estava no comando do tabuleiro.

* * *

Não tivemos de esperar muito. Cerca de vinte minutos depois de nossa chegada, conforme o burburinho no saguão começou a afinar, uma jovem mulher em estado de certa agitação entrou no hotel e correu para a recepção. De meu ponto de vista, era fácil para mim observar que seu rosto estava corado, enquanto seus olhos azuis estavam arregalados de preocupação e um brilho fino de perspiração cobria sua testa.

Era Catriona Andrews.

Nós três a observamos de nossos pontos de vista diferentes enquanto ela fazia um pedido urgente ao funcionário da recepção, que longamente consultou seu livro de registros e transmitiu a informação que ela tão desesperadamente desejava. Ela então correu para o elevador do hotel. Quando ela desapareceu atrás das portas de metal barulhentas, Holmes já estava de pé e fazendo suas próprias investigações urgentes ao recepcionista. Com um gesto dramático com o braço, ele nos chamou para si.

– 201 é o quarto que buscamos, cavalheiros. Tomaremos as escadas e isso dará a nossa encantadora cliente tempo suficiente para se sentir em casa.

Com uma expressão perplexa, Hardcastle balbuciou a palavra "cliente" para mim, mas Holmes, interceptando seu questionamento, anunciou laconicamente:

– Mais tarde, inspetor, explicações completas mais tarde.

Dei ao policial um solidário encolher de ombros.

Alguns momentos depois, estávamos em um corredor bem iluminado fora do quarto 201. Holmes falou-nos em um sussurro:

— É improvável que precise de sua arma de fogo, Watson, mas eu agradeceria se a tivesse a mostra, a fim de impressionar nossos amigos que estamos a trabalho. Da mesma forma, Hardcastle, mantenha suas algemas prontas: certamente precisará delas. Prontos, cavalheiros?

Assenti seriamente, depois do que Sherlock Holmes abriu a porta do quarto 201.

A visão que nossos olhos encontraram era realmente extraordinária. No meio da sala havia duas figuras: um homem e uma mulher. Eles se agarravam em um abraço apertado. Uma das figuras era Catriona Andrews. A outra era um homem um pouco mais velho do que ela. Ele era alto em estatura com uma tez cerosa e cabelo grisalho e ralo.

Com nossa entrada repentina, eles romperam do abraço mútuo e se viraram para nós com olhares de espanto total em seus rostos. Ao perceber que sua traição fora descoberta, a senhorita Andrews colocou o dorso da mão na boca para abafar um grito de horror.

Holmes se adiantou e fez uma reverência.

— Boa noite. Uma cena tocante, de fato. Pai e filha reunidos mais uma vez após a dor da separação. Deixem-me apresentá-lo, inspetor Hardcastle, ao casal feliz aqui: esta é a senhorita Catriona Andrews e este é seu pai, sir Alistair, que havíamos dado como perdido.

— Seu demônio! – gritou a jovem. Em poucos segundos, todo seu comportamento havia mudado. Tendo facilmente e rapidamente livrado-se das emoções de choque e consternação, ela deu um passo em nossa direção, com o corpo agora consumido de fúria e o rosto contorcido de ódio contra meu amigo. Ela deu um grito ininteligível e voou para Holmes, com os braços estendidos e os dedos curvados como garras. Antes que ele tivesse a chance de se defender, ela estava sobre ele, gritando e arranhando seu rosto. Ele caiu para trás, impotente contra um ataque tão feroz de uma mulher. Ele parecia totalmente perdido em como reagir. Corri para o resgate e, com a ajuda de seu pai, consegui puxar a jovem para longe de meu amigo e contê-la. Enfurecida como ela estava, a senhorita Andrews possuía grande força e levaram alguns momentos até podermos soltá-la com segurança. No início, ela lutou violentamente, pronta para liberar-se e atacar Holmes novamente, mas seu pai pediu-lhe para ter calma. Ele repetiu suas súplicas de forma firme, mas calma, e finalmente sua filha, reconhecendo a futilidade da situação, gradualmente controlou sua raiva. Seu corpo relaxou e a ferocidade deu lugar a lágrimas. Ela caiu chorando nos braços de seu pai.

Holmes estava muito abalado com o ataque repentino. Meio sem jeito, ele puxou um lenço do bolso e enxugou a testa. Por um breve momento, ele fora sacudido de sua posição segura de controle e jogado em uma situação que era totalmente inesperada. Ficou agora olhando para a moça chorando estranhamente, com a respiração ainda emergindo em rajadas curtas e irregulares e os olhos piscando de forma irregular, registrando sua inquietação total.

– O senhor está bem, Sr. Holmes? – perguntou Hardcastle, colocando uma mão preocupada em seu ombro.

Meu amigo deu um aceno de cabeça sério. Seu rosto estava mortalmente branco exceto por uma série de arranhões vermelhos e finos ao redor do pescoço, onde as unhas da moça haviam marcado a carne. Sangue já começava a escoar para fora das feridas mais profundas.

– Sugiro que providencie transporte para a Scotland Yard para esses dois – disse ele a Hardcastle, inicialmente com a voz trêmula e então retomando sua autoridade natural –, e depois, se quiser vir à Baker Street para uma bebida, lhe fornecerei os detalhes sobre o envolvimento deles no assassinato de sir George Faversham.

CAPÍTULO ONZE

SHERLOCK HOLMES EXPLICA

— Nunca entenderei as mulheres, Watson. Elas agem sem razão ou lógica. Em todos os momentos suas emoções, apaixonadas e irrefletidas, governam seu comportamento. Tome a moça Andrews. Em um momento ela está tramando um crime hediondo com seu pai com uma precisão cirúrgica e insensível. No entanto, ao ser descoberta, ela voa em fúria desenfreada como um gato selvagem e então finalmente cai em lágrimas. Ah! Prefiro a crueldade fria, calculista e controlada do professor Moriarty em qualquer dia. Pelo menos havia consideração intelectual por trás de todas suas ações! Com as mulheres, o imprevisível é tudo o que se pode prever. – Sherlock Holmes andava de um lado para o outro de forma agitada enquanto liberava esse discurso contra as mulheres em geral e a senhorita Catriona Andrews em particular.

Estávamos de volta mais uma vez a nossa sala de estar na Baker Street, e eu havia tratado das feridas que a moça havia infligido em meu amigo. Eram machucados pequenos, mas Holmes estava mais do que irritado por ter de se entregar a meus cuidados. Ele viu o ataque da moça contra si como uma afronta a sua dignidade e percepção. Eu sabia que a raiva de Holmes era causada não tanto pela "irracionalidade emocional" de Catriona Andrews, mas mais pela própria incapacidade de Holmes de antecipar suas ações. Ele não gostava de estar despreparado ao lidar com as pessoas e ele fora completamente enfraquecido pelo ataque.

Não respondi a essa explosão, sabendo que o meu melhor curso de ação era o de assumir o papel de testemunha silenciosa. Por fim, dei um suspiro cansado de tédio que parou meu amigo no meio da frase.

– Pelo amor de Deus – eu disse suavemente –, sente-se e fume seu cachimbo para acalmar seus nervos.

Seus olhos se estreitaram e ele me deu um olhar estranho e acusativo, mas fez o que sugeri. Por um tempo, ambos ficamos em silêncio e então, justo quando eu estava prestes a começar uma discussão sobre as implicações dos eventos da noite, houve uma batida discreta em nossa porta e Hardcastle entrou. Ele puxou uma cadeira para perto da lareira e se juntou a nós a fumar.

– Agora, então, Sr. Holmes, eu gostaria de receber uma explicação completa de como sir Alistair Andrews e sua filha estão implicados no assassinato e roubo daquele manuscrito egípcio. No momento, eles estão presos unicamente sob sua palavra e, se eu quiser manter meu emprego, precisarei de mais do que isso.

Holmes acenou com a cabeça e recostou-se na cadeira.

– Claro, meu caro amigo – ele respondeu com uma voz que indicava que sua equanimidade estava em vias de ser restaurada. – Há quatro pessoas envolvidas neste caso, quatro pessoas gananciosas que estão determinadas a localizar o manuscrito dos mortos de Setaph. Você tem duas delas sob custódia: sir Alistair Andrews e sua filha inescrupulosa. No entanto, seu pleno envolvimento neste negócio veio certo tempo depois do roubo do manuscrito.

– Então, quem invadiu o Museu e fugiu com ele?

– Sebastian Melmoth e Tobias Felshaw.

Hardcastle abriu a boca como se estivesse prestes a questionar Holmes sobre a certeza dessa afirmação e então fechou-a novamente conforme pensou melhor. Ele aprendera, como eu, que era tolo e inútil questionar Holmes quando ele estava no meio de suas explicações.

– Conhece Melmoth e seu amiguinho aristocrata, Felshaw, é claro?

Hardcastle assentiu.

— Não pessoalmente, entenda. Não frequentamos os mesmos círculos, mas conhecemos o estranho par na Yard. Sei que estão tramando algum negócio estranho, mas, devo dizer, não os tinha como tipos que cometeriam assassinato.

— São exatamente o tipo — respondeu Holmes friamente.

O inspetor sugou o cachimbo e franziu a testa.

— Mas há uma pequena mosca em sua sopa: Melmoth está morto. Ele foi morto em um acidente de tiro há alguns dias.

Holmes sorriu.

— Nunca acredite em tudo o que ouve sobre esse canalha. Os rumores de sua morte são muito exagerados. Vá por mim, inspetor, Sebastian Melmoth está muito vivo. De fato, para Melmoth e seu comparsa, a morte não é problema. Eles pretendem superar esse rito especial de passagem. Daí seu desejo urgente de ter em suas mãos o manuscrito dos mortos. Eles acreditam que ele lhes dará uma espécie de imortalidade.

— Que absurdo! — Exclamou o policial.

— Realmente, mas Melmoth está convencido do contrário. Os escritos de Setaph são seu santo graal e salvação. Ele está preparado para matar para possuir o manuscrito. Durante vários anos, ele vem buscando, experimentando, estendendo a mão para os reinos da escuridão para descobrir a maneira de vencer a morte. Recentemente, ele adquiriu o que realmente acreditava ser a resposta a suas orações profanas: um documento que ele pensava que desvendaria os segredos do manuscrito de Henuttawy. Por isso, ele estava determinado a pôr suas garras sobre o manuscrito por bem ou por mal. Inevitavelmente, ele escolheu a infração. Com seu acólito, Felshaw, ele roubou o manuscrito do Museu Britânico. O ato do assassinato acrescentou entusiasmo ao espólio. Ele é esse tipo de homem.

Hardcastle inspirou ruidosamente e estremeceu.

— Eu ouvira falar que ele era estranho.

— Ele é mais do que estranho — eu disse. — Ele é mau.

— No entanto — continuou Holmes —, depois de um pouco de estudo, agora estou convencido de que esta "chave" é inútil. É apenas um absurdo desviante criado pelo próprio Setaph para iludir e enganar aqueles que descobrissem seu segredo. Ou, para ser mais preciso, os que não tivessem a sabedoria e o discernimento apropriado que ele considerava necessário para compartilhar seu segredo.

Hardcastle coçou a cabeça.

– Deixe-me ver se entendi. Está dizendo que essa chave, como a chamam, se ela realmente existir, é um truque inútil.

– Exatamente. É uma pista falsa criada por Setaph para o indigno.

O policial permitiu-se uma risada gutural.

– Ele era meio complicado, o tal Setaph, não é?

Holmes assentiu.

– Agora, é assim que eu entendo a cadeia de eventos seguintes ao roubo. Uma vez que Melmoth tinha a chave e o manuscrito de Henuttawy em sua posse, ele pensou que seria uma simples questão de decifrar os símbolos e decifrar o código que revelaria a localização do manuscrito mágico dos mortos de Setaph. Tal era sua arrogância. É claro que ele estava errado. Ele estava no escuro como antes. Não percebendo que o documento chave era inútil, ele procurou ajuda especializada. Ele se aproximou de sir George Faversham, que se recusou a ajudá-lo. Sir George estava desesperado para localizar o manuscrito dos mortos para si mesmo, a fim de vencer seu rival Andrews e ganhar para si uma grande entrada nos livros de história. Era pouco provável que ele ajudasse aqueles dois canalhas na busca de seu objetivo. Não podemos ter certeza se a morte de Faversham foi premeditada ou se foi o resultado desagradável da visita que Melmoth e Felshaw fizeram ao velho arqueólogo. Mas, certamente está claro para mim que nossos dois amigos assassinaram sir George Faversham e saquearam sua casa, a fim de fazer parecer como se um roubo comum houvesse ocorrido.

– Se o que diz é verdade, são dois assassinatos sobre eles.

– No mínimo. – Holmes reacendeu o cachimbo e sorriu calorosamente. Ele estava agora em seu palco: explicando os detalhes complexos de um caso para um público cativo. – Nossos dois antagonistas então aproximaram-se de sir Alistair Andrews para obter assistência. Ele era muito menos escrupuloso do que seu companheiro arqueólogo e, sem dúvida, ele concordou em ajudá-los no entendimento de que, uma vez que houvessem recolhido as informações necessárias do manuscrito dos mortos, ele teria permissão para reivindicar o crédito por descobri-lo. – Foi a vez de Holmes rir-se agora. – E todos os recursos intelectuais reunidos de Melmoth, Felshaw, Andrews e sua filha ainda não conseguiram decifrar o código escrito por um homem mais de dois mil anos atrás. Claro, eles foram impedidos de certa forma por tentar ler a mensagem usando a chave inútil, assim como o astuto Setaph planejara. Sua astúcia atravessou os séculos para impedir seus planos malévolos. Foi quando eles me inseriram na questão.

– Eles o inseriram?

– Jeito de falar. Melmoth devia estar ciente de minha monografia sobre códigos e percebeu que eu provavelmente era o único homem capaz de decifrar aquele criado por Setaph. Neste caso, ele estava certo. Desconsiderando a chave fraudulenta, descobri que a verdadeira mensagem relativa à localização do manuscrito dos mortos estava codificado dentro de outro código no manuscrito de Henuttawy. Deparei-me com este dispositivo apenas duas vezes antes, mais notavelmente no caso dos camafeus do Vaticano. Curiosamente, esse foi outro momento onde um padre mostrou-se hábil na enganação.

– Nosso grupo heterogêneo tinha de ser muito astuto e desonesto na maneira pela qual eles garantiram meus serviços. Eles sabiam que eu não responderia cordialmente a um pedido aberto. Melmoth foi astuto o suficiente para perceber que eu suspeitava dele no roubo do Museu e no assassinato do vigia noturno, por isso, para me impedir de chegar mais perto dessa verdade em particular, ele organizou sua própria morte. Ele matou um dos trabalhadores da propriedade de Felshaw, danificando seu rosto para que o pobre homem ficasse irreconhecível. Felshaw apresentou a todos a chocante notícia de que Sebastian Melmoth envolvera-se em um acidente de tiro infeliz e estava morto, assim superficialmente bloqueando uma de minhas vias de investigação. Mas eles sabiam que, enquanto o mundo lamentava sua morte, eu não me deixaria enganar por este estratagema bastante transparente. Eles tinham certeza de que eu investigaria e fui levado, como um burro pelo nariz, a um chalé na propriedade de Felshaw em

Norfolk, onde indícios suficientes foram deixados para que eu tropeçasse neles, fornecendo-me informações suficientes para trabalhar no código e no manuscrito de Henuttawy. Foi o que fiz. Abordei o enigma não como egiptólogo, mas como detetive; e resolvi o mistério.

– Resolveu? – Hardcastle sorriu, sentando-se mais à frente em sua cadeira ansiosamente. – É uma maravilha, Sr. Holmes, realmente é. Assim, então, sabe onde esse tal manuscrito mágico está localizado?

Holmes deu-lhe um breve sorriso.

– Pelo menos sei onde ele estava – ele respondeu calmamente. – Mas deixe-me terminar meu relato na ordem, meu amigo, antes de chegarmos ao paradeiro do manuscrito mágico. Tendo gentilmente decifrado o código para Melmoth e companhia, eles precisavam saber de minhas descobertas, assim eles me presentearam com outro mistério. Aqui é onde a senhorita Catriona Andrews entrou em cena. Ela me deu informações suficientes para me levar a deduzir que seu pai desaparecido havia sido sequestrado, o que implicava que ele estava sendo forçado a trabalhar no manuscrito para Melmoth. Ao engajar-me a encontrar sir Alistair, ela tinha uma razão forte e legítima para ficar a meu lado. Eles esperavam me convencer de que já haviam decifrado o código e que eu iria correr atrás deles a fim de apreendê-los no local da tumba de Setaph em algum lugar no Egito, quando na realidade eles me seguiriam para descobrir a localização. Seu grande erro foi achar que o manuscrito dos mortos localizava-se em algum lugar no Egito. Não. Está neste país.

– Neste país! – Engasgou-se o homem da Scotland Yard. – Onde?

Holmes lhe lançou um olhar gelado.

– Tudo a seu tempo e na ordem correta. Eles esperaram que eu fizesse arranjos para viajar ao Egito, recebendo relatórios detalhados de todos meus planos e movimentos de seu espião de campo, a senhorita Catriona Andrews. Com a ajuda dos camaradas da Baker Street, logo localizei o hotel onde o pai da moça estava esperando. Enviei-lhe um telegrama esta noite, fingindo vir dele, pedindo-lhe para encontrá-lo no hotel às oito da noite. Expressei a mensagem adequadamente em termos dramáticos, afirmando que o assunto era muito urgente. E assim fomos capazes de prender dois de nossos pássaros.

— E quanto a Melmoth e Felshaw? — Perguntei.
— Eles são sujeitos astutos. Sem dúvida, eles já estão cientes da situação.
— É um caso bastante complicado, Sr. Holmes, e enquanto eu só posso aplaudir seu trabalho de detetive até agora, parece que não nos leva muito mais além na estrada para apreender os assassinos e restaurar o manuscrito de Henuttawy ao Museu Britânico.
— Paciência nunca foi uma de suas virtudes, meu amigo — comentou Holmes, languidamente, esticando-se na cadeira. — Creio que dentro de quarenta e oito horas os outros dois pássaros estarão em nossa rede e o manuscrito restaurado com segurança ao museu.
— Fico feliz em saber. Então permita-me voltar a uma questão anterior. Onde está esse maldito manuscrito dos mortos?

CAPÍTULO DOZE

UMA VISITA À CEDARS

Sherlock Holmes estava se divertindo demais para simplesmente entregar as rédeas do caso para Hardcastle nesta conjuntura. Ele fora gentil o suficiente de relatar como ele chegara a suas conclusões sobre a investigação até agora, mas artisticamente ele desviava de todas as perguntas do policial em relação à localização do manuscrito dos mortos de Setaph. Eu sabia que meu amigo acreditava que passara informações suficientes para que o inspector continuasse seu próprio trabalho de detetive sem sua assistência. Como sempre, Holmes estava determinado a arar um sulco solitário. Uma vez que ele começara uma investigação, ficava determinado a ser o único a levá-la a uma conclusão satisfatória.

– Como já sugeri – Holmes anunciou firmemente para silenciar o inspetor em protesto –, acredito que dentro de quarenta e oito horas terei o manuscrito em minha posse e Melmoth e Felshaw terão sido apreendidos.

– Mas isso é assunto de polícia!

– Então vá em frente. Não o estou impedindo. Mas deixe-me lembrá-lo, meu amigo, de que foi você mesmo que buscou minha ajuda em primeiro lugar, e fui eu que o presenteei com dois do quarteto de malfeitores em uma bandeja esta noite. – A expressão séria de

Holmes suavizou quando ele deu um tapinha no joelho do homem da Scotland Yard. – Sou um cão solitário. Trabalho melhor assim. Agora captei um cheiro forte, minha presa está próxima. Não a passarei a um bando de profissionais.

Hardcastle ficou rigidamente em pé.

– Isso não é certo, Sr. Holmes. Isso não é certo e não há palavras bonitas sobre cães solitários que o farão ser. Fala de um bando de profissionais... bem, sim, sou um profissional e me orgulho disso. O que está fazendo, omitindo informações, é pouco profissional a meu ver. – Ele foi até a porta, mas voltou-se novamente para abordar meu amigo antes de sair: – Espero que mude de ideia sobre isso, Sr. Holmes. Se o fizer, sabe como me encontrar. – Com essas palavras de despedida, ele fechou a porta violentamente e partiu ruidosamente escada abaixo.

Holmes sorriu suavemente e agitou as brasas desvanecidas de nosso fogo.

– Ele superará isso. Especialmente quando Melmoth e Felshaw estiverem atrás das grades e o Museu Britânico tiver seu precioso manuscrito de volta.

– Acredita que sir George Faversham tinha o manuscrito de Setaph o tempo todo, não é? – Eu disse.

Holmes levou um susto e quase derrubou o atiçador.

– Ora, meu caro Watson, isso é maravilhoso. Seguiu as coisas maravilhosamente.

– Escutei e observei. Tive anos de prática.

– Sim, sim, claro – disse ele, sorrindo. – Terei de me cuidar ou você prejudicará minha arte de mágico. Muito bem, Watson. Devo dizer que estou fascinado para saber como chegou a essa conclusão. Diga-me como você leu o enigma. Vamos ver se existem lacunas.

Eu sorri, satisfeito que eu havia surpreendido e impressionado meu amigo com minha declaração muito da mesma maneira que ele havia me surpreendido em numerosas ocasiões.

– Muito bem – eu disse, recostando-me na cadeira –, não posso afirmar ter feito quaisquer deduções surpreendentes, mas o fato de que você fez perguntas sobre aquele vaso canópico com cabeça de

UMA VISITA À CEDARS

cão retirado da tumba da rainha Henuttawy e que sir George Faversham havia solicitado posse dele foi sugestivo. Sabendo da mente enganadora de Setaph e que esses frascos são destinados a conter as entranhas de uma pessoa, ou seja, suas partes corporais essenciais, seria apropriado que esse sacerdote enganador escondesse o manuscrito dos mortos dentro do frasco. Como sir George descobriu este fato, eu não sei. Também não está claro por que ele não anunciou sua descoberta para o mundo, mas a manteve em segredo por muitos anos. Então você vê, em essência, que meu conhecimento é apenas um pouco maior do que o de Hardcastle.

– Você se menospreza, velho companheiro. Suas lacunas de conhecimento são minhas lacunas também. Está correto sobre Faversham. Ele descobriu que o manuscrito dos mortos estava escondido no vaso ao decifrar o código nos papiros encontrados na tumba de Henuttawy como eu o fiz. A informação está lá, se souber interpretá-la. Sir Alistair Andrews não conseguiu vê-la e, na verdade, ainda não consegue, mas Faversham deve ter abordado o problema muito da mesma maneira como eu mesmo: com um olhar científico e não o de um arqueólogo. Setaph sabia que aqueles que viessem depois dele buscando seu texto mágico diriam que estava escondido em seu próprio túmulo secreto, assim, para confundi-los, ele colocou-o no túmulo de sua amante, a rainha Henuttawy, escondido no inocente vaso canópico. O pedido de Faversham para tomar posse de um item simples como o frasco teria parecido bastante inocente para as autoridades do Museu Britânico. Mal sabiam eles que ele guardava a relíquia mais preciosa de toda a expedição. Quanto ao porquê de manter sua descoberta do manuscrito dos mortos em segredo, não posso ter certeza. É uma das peças que faltam no quebra-cabeças. Pode ser que Faversham tivesse a paixão peculiar que alguns colecionadores têm. Há aqueles que possuem grandes obras de arte, mas as mantêm trancadas em salas escuras e nunca deixam que ninguém as veja. A posse é tudo. Pode ter sido o mesmo com Faversham. Pode-se imaginar sua satisfação pela frustração de seu rival, Andrews, que estava tão desesperado e determinado a encontrar exatamente a peça que sir George mantinha em sua própria casa.

— Agora ele está morto, talvez nunca saberemos.
— Como Melmoth sem dúvida diria, os mortos podem nos dizer muitas coisas. Amanhã visitaremos a casa de Faversham, em Kent, em busca da verdade.

* * *

Enquanto Holmes e eu estávamos engajados nessa conversa, sir Alistair Andrews estava deitado em uma cama de estopa dura em uma cela na Scotland Yard. Ele ainda não havia sido acusado, mas sabia que a prisão e a desgraça estavam diante dele. Seu sonho de fama e reconhecimento como um dos maiores arqueólogos do mundo haviam se desfeito em cinzas em questão de horas. Ele olhou para a janela gradeada através da qual o pálido luar entrava, a única iluminação da qual a cela desfrutava. Lágrimas umedeceram seus olhos. E ainda assim ele estava zangado. Zangado por ter sido tão tolo. Que tolo estúpido e ingênuo! A raiva cresceu dentro do peito como fogo em uma caldeira. Ela queimava dentro dele com uma intensidade febril. Ele mudou de posição na cama conforme o desconforto aumentou, mas não houve alívio algum. Ele estava destroçado por autorrepúdio. Ele rolou de costas quando a respiração tornou-se mais difícil. A dor aumentou. Seu peito estava tão apertado que era como se ele estivesse sendo esmagado por um grande peso. E seu coração... seu coração batia e batia como um motor fora de controle, com as vibrações reverberando em seus ouvidos, abafando todos os outros sons. Era como se seu coração estivesse prestes a explodir. Ele só conseguiu gritar por socorro antes de perder a consciência.

* * *

Sir George Faversham vivera na Cedars, uma grande casa nos arredores de Lee em Kent. Holmes contratara uma carroça do French and Barnard's e ele guiou as cerca de dezessete milhas ele mesmo.
— É muito mais fácil de detectar se está sendo seguido em uma dessas coisas do que em um trem lotado – explicou ele.

A maior parte de nossa viagem foi passada em silêncio. Era um dia quente e brilhante e foi fascinante observar as mudanças de ambiente em nossa jornada. Passando sobre o lento e plúmbeo Tâmisa, deixamos para trás o coração da grande e cinzenta cidade, rodeada, assim parecia, por um anel de miasma de fumaça, e atravessamos o rústico deserto de tijolos vermelhos da periferia antes de chegarmos ao cinturão de agradáveis casas suburbanas. Não demorou muito até galoparmos pelas estradas frondosas onde a mão terrível do homem ainda não havia deixado sua marca. Nossa viagem para Lee levou-nos a tocar em três condados ingleses, começando por Middlesex, passando por um canto de Surrey e terminando em Kent. Fui um passeio encantador.

Nos arredores de Lee, Holmes freou o cavalo para o lado da estrada para consultar um mapa. A casa de sir George Faversham, a Cedars, ficava no lado norte da cidade. Holmes apontou no mapa com o dedo enluvado.

– Aqui estamos, Watson, a menos de duas milhas de distância. Tomamos a próxima estrada à esquerda. – Assim dizendo, ele deixou cair o mapa a seus pés e partimos novamente.

– Não fui capaz de recolher muitos detalhes sobre Faversham além do que sir Charles pôde me dizer – anunciou Holmes enquanto trotávamos à luz do sol brilhante. – Aparentemente, ele era um solteirão que preferia uma vida muito privada. "Reservado e recluso" foram as palavras de sir Charles. Ele vivia na Cedars com seu secretário John Phillips e apenas um criado, Dawson. A casa está agora à venda. Entrei em contato com os agentes imobiliários ontem e marquei esta visita. Dawson está nos esperando e vai nos mostrar a propriedade.

– E quanto a Phillips?

Holmes deu de ombros.

– Não faço ideia de seu paradeiro. O mais provável é que ele esteja procurando outro emprego. Ele já pode ter obtido um. Dawson, sem dúvida, poderá nos fornecer mais detalhes.

Após este breve intercâmbio, Holmes ficou em silêncio mais uma vez até chegarmos a nosso destino.

* * *

O mesmo sol brilhante que favorecera nossa ida a Kent entrava pelas janelas sujas da enfermaria da prisão. A luz amarela e pálida, diminuída por sua jornada através da ala sombria, caía suavemente no rosto cinzento de sir Alistair Andrews, banhando-o em um tom âmbar delicado. Sua filha, Catriona, sentava-se ao lado da cama, segurando sua mão, com as veias azuis rígidas e claramente visíveis através da pele translúcida. Estava frio. Estava mais frio para ela do que gelo. Estava mais frio do que o medo que ela sentia agora. Estava mais frio do que o ódio que ela alimentava em seu seio. Seu olhar estava fixo em algum lugar distante enquanto seus olhos se enchiam de lágrimas.

Houve um farfalhar atrás dela e uma enfermeira aproximou-se e tomou-lhe o braço.

– Vamos lá, minha querida, temo que tenha de voltar agora. – Ela olhou por cima do ombro para o policial uniformizado que estava a cerca de duas jardas de distância. Ele deu um passo para a frente enquanto a enfermeira levantou delicadamente a moça. Catriona Andrews inclinou-se e deu um beijo na testa branca de seu pai e então foi levada, primeiro pela enfermeira e, em seguida, pelo oficial que acompanhou-a enquanto iam à porta da enfermaria. Por um momento, a moça hesitou e virou-se para olhar de volta para a cama de seu pai. Foi bem a tempo de ver a enfermeira puxar o lençol sobre o rosto dele.

* * *

A Cedars era uma grande estrutura. Quando passamos por uma entrada curva, exuberante e arborizada, a casa, como que por mágica, de repente entrou em vista. Ela ficava diante de um grande gramado circular, cujas bordas estavam cheias de tons brilhantes de flores da primavera. O prédio era de proporções georgianas precisas, e a pedra cor-de-mel suave brilhava no sol da manhã. Havia um rendilhado podado de hera em torno da porta principal mas, a não ser por isso, a frente do prédio estava ilibada.

Conforme Holmes parou ao lado do pórtico da frente, a grande porta se abriu e um homem baixo, de cabelos grisalhos, surgiu para nos cumprimentar. Seus ombros eram tortos e ele fitou-nos de seus grandes olhos remelentos.

– Bom dia, cavalheiros – disse ele, quase em reverência. – São o Sr. Holmes e o Sr. Watson, suponho.
– De fato! – Exclamou Holmes pulando do carro e apertando a mão do homem. – E o senhor deve ser Dawson.
O homem assentiu com deferência.
– Por favor, entrem, cavalheiros, eu os esperava. Gostariam, talvez, de um refresco depois de sua viagem antes de eu mostrar-lhes o edifício.
– Muita gentileza – disse Holmes.
Entramos no salão impressionante, com seu piso de madeira brilhante e lustres reluzentes. Havia muitos artefatos denotando a fascinação de sir George com o Egito colocados ao redor da câmara espaçosa: máscaras vívidas de tons vibrantes, vários artigos de joalharia, um antigo mapa da bacia do Nilo exibido sobre a lareira e um grande sarcófago de cores vivas no pé da ampla escada. No entanto, para minha surpresa, não havia sinais de arrombamento recente.
Holmes fez esta observação. Dawson parecia um pouco nervoso ao mostrarmos conhecimento do crime, como se colocasse alguma praga na casa de seu senhor.
– Os canalhas eram obviamente bandidos comuns – respondeu ele. – Além de fazerem uma bagunça em algumas salas, eles levaram muito pouco consigo. Felizmente a maior parte da coleção de sir George permaneceu intacta. – Moveu-se para a frente e colocou a mão suavemente sobre o sarcófago, acariciando-o como se fosse um animal vivo.
– Claro, devem entender, cavalheiros, que os bens de sir George, sua coleção de peças egípcias, não estão incluídos na venda da casa. Eles devem ser removidos para o Museu Britânico no devido tempo.
– Compreendo perfeitamente a questão – respondeu Holmes –, mas tendo um fascínio pelo Egito e sua história, pergunto-me se posso convencê-lo a incluir um tour pela fascinante coleção de sir George enquanto vemos a casa.
– Não vejo por que não, senhor. Agora, se puderem vir por aqui e sentarem-se na sala de visitas, vou preparar o chá.
Tomamos chá e em nosso papel como potenciais compradores conversamos com Dawson sobre a casa e a propriedade e a natureza da área local. No entanto, Holmes, ansioso para começar o tour, ig-

norou o chá e rapidamente levou nosso guia a começar a mostrar o lugar. Era um impressionante edifício, uma das casas mais atrativas que eu já vira e muito grande para um homem sem esposa ou família.

– Sir George adorava o espaço e a liberdade que a Cedars lhe dava – Dawson explicou. – Ele não era um homem sociável e sentia que poderia perder-se na casa se quisesse, apesar do fato de que, geralmente, só havia eu e o Sr. Phillips, o secretário de sir George, no local.

Em certo momento em nosso tour, nos foi apresentada o que Dawson chamou de a Galeria Egípcia, uma sala comprida e mal-iluminada que continha o núcleo da coleção de Faversham. Holmes passou uma grande parte do tempo examinando de perto os itens, enquanto eu engajava Dawson na conversa para manter o sujeito ocupado. Havia um ou dois expositores vazios e outras evidências do recente arrombamento, mas, em geral, a meus olhos ignorantes, a coleção parecia estar mais ou menos intacta. Em minha própria análise dos itens de exibição, não vi nada que pudesse ser considerado significativo para nossa investigação e, certamente, não havia nenhum sinal de um vaso canópico com cabeça de cão. Por sua expressão sombria, ficou claro que Holmes estava igualmente decepcionado com seu exame. Ele sacudiu a cabeça para mim desanimado quando saímos da galeria, indicando que sua pesquisa fora infrutífera.

– O que é esta sala? – Consultou Holmes alguns momentos mais tarde, quando éramos levados de volta para baixo à sala de visitas. Holmes parou e apontou para uma tapeçaria verde pesada sobre um recesso na parede do corredor. Antes que Dawson pudesse responder à pergunta, meu amigo se aproximou e puxou a tapeçaria para revelar uma porta. Ele tentou a maçaneta: ela estava trancada.

Dawson franziu a testa e parecia perturbado.

– Ah, essa é... hum, era o escritório privado de sir George.

– Uma sala secreta, hein? Não é fácil de detectar. Aposto que os assaltantes não a perceberam. Bem, gostaríamos de ver por dentro – disse Holmes seriamente. – Se formos considerar a compra de um imóvel, é preciso ver todos seus aspectos, todos seus aposentos.

Dawson hesitou.

– Ninguém era autorizado a entrar ali, senhor. Sir George mantinha-o como uma sala estritamente privada.

UMA VISITA A CEDARS

– Mas ele não está mais conosco – comentei baixinho.
Ainda assim, o homem hesitou. Sua lealdade a seu senhor mantinha-se forte, mesmo após a morte.
– Vamos, senhor, a sala... – retrucou meu amigo impaciente.
Lentamente, com grande relutância, Dawson retirou a chave do bolso, abriu a porta e entramos. Era uma sala pequena e claustrofóbica, ainda mais com as pesadas cortinas de veludo que estavam sobre a janela, permitindo que apenas um eixo fino de luz invadisse a escuridão e manchasse o tapete com um círculo definido de iluminação. Holmes andou em frente e, afastando as cortinas, inundou a sala com a luz do sol brilhante. Quando ele fez isso, meu coração parou, pois observei, ao lado de uma grande mesa cheia de documentos, um ornamento com cabeça de cão que certamente era o vaso canópico que procurávamos. Holmes também o vira e, com um aceno de cabeça e uma sobrancelha levantada, indicou que eu deveria distrair Dawson enquanto ele examinava o item. Com minha mão no braço do criado, levei-o até a janela e pedi-lhe que explicasse a localização da sala em relação ao resto da casa. Continuei alimentando-o com perguntas da melhor maneira possível e, ao mesmo tempo, mantinha um olho em Holmes que, com grande discrição, ajoelhou-se ao lado do frasco e levantou a tampa silenciosamente. Seu rosto parecia sério quando ele olhou para dentro. Em seguida, cuidadosamente ele colocou a mão dentro do frasco. Ele retirou-a momentos depois e eu pude detectar por seu semblante sombrio que estava vazio. Evidentemente o manuscrito dos mortos não estava lá. Involuntariamente, ele deu um suspiro de exasperação. Dawson instintivamente se virou com o ruído para descobrir Sherlock Holmes examinando a vasta gama de livros na prateleira.

– Se os cavalheiros viram o suficiente... eu ficaria feliz se pudéssemos sair desta sala agora. Não fico realmente à vontade em quebrar a palavra de sir George, mesmo que ele não esteja, como diz, mais conosco. Sei que pode parecer bobagem, cavalheiros, mas até que suas coisas sejam levadas, eu ainda continuarei a pensar na sala como seu escritório particular.

Holmes estava prestes a ceder a esta súplica quando seus olhos caíram sobre algo que chamou sua atenção. Era uma fotografia na mesa de sir George. Ele pegou a moldura de prata, examinou-a e então passou-a para mim. A fotografia mostrava dois homens ao lado de um barco a remo à beira de um curso de água com um grupo de árvores no fundo. O homem mais velho tinha o braço em torno do ombro do mais jovem de uma forma paternal. Dawson ficou a nosso lado e sem pedirmos explicou a fotografia.

– Esse é sir James com o Sr. Phillips, seu secretário. A fotografia foi tirada pela câmera do próprio sir James por um dos criados.

– Mas pensei que o senhor fosse o único membro do pessoal da casa. – Eu disse.

– Na Cedars, sim. Mas há Bates, o zelador da casa em Grebe.

Os olhos de Holmes se iluminaram com entusiasmo.

– A casa em Grebe. Onde fica isso?

– É o retiro de campo de sir George na Cúmbria. Situa-se na Ilha Grebe, uma pequena ilha em Ullswater no Lake District. Combinava com o amor de sir George por solidão e privacidade.

– Diga-me – disse Holmes, com seu senso de entusiasmo mal disfarçado –, seu mestre mantinha vários artefatos egípcios na casa em Grebe também?

– Não tenho dúvidas de que sim, senhor. Mas nunca a visitei. Na verdade, pelo que sei, além de Bates, o zelador que costumava atender a casa em sua ausência, o Sr. Phillips, era a única outra alma a quem era permitido entrar na ilha. Sir George não tinha filhos, entende, e considerava o Sr. Phillips quase como seu filho adotivo. Eles eram muito próximos. Mesmo quando sir George foi enterrado ele...

– Onde ele foi enterrado?

– Sir George quis que a localização de seu local de descanso fosse mantido em segredo.

– Ele foi enterrado na ilha, não é? Ele foi enterrado na Ilha Grebe. – Holmes olhou ferozmente para o retentor desejando que ele respondesse à afirmação.

Por fim, Dawson assentiu silenciosamente.

– Sim, senhor, de acordo com seus desejos finais. O Sr. Phillips acompanhou o caixão até a casa em Grebe apenas alguns dias atrás...

CAPÍTULO TREZE
A CAMINHO

Poucos minutos depois desta revelação, Holmes e eu estávamos na carroça mais uma vez voltando para Londres. Dawson surpreendera-se com nossa partida bastante repentina e rápida, mas Holmes garantira que víramos o suficiente da casa para nossos propósitos e estávamos favoravelmente impressionados.

– Entraremos em contato com os agentes imobiliários no devido tempo sobre nossa decisão – meu amigo lhe informara quando saímos.

– Não me orgulho de enganar o sujeito – Holmes disse-me enquanto sacudíamos pelo caminho –, mas há maiores questões em jogo aqui do que um pequeno engano. Gostaria de tê-lo avisado sobre Melmoth e Felshaw, pois tenho certeza de que eles vão seguir nossa trilha em breve, se já não o tiverem feito.

– Mas certamente eles não sabem o que procurar. Eles não estão cientes de que o manuscrito dos mortos foi escondido no vaso. Ou estão?

Holmes sacudiu a cabeça.

– Não. Se eles soubessem, estariam a nossa frente agora. No entanto, o que é certo é que estamos no caminho correto e, portanto, eles devem seguir nossos passos. Tudo o que eles precisam fazer é pedir a Dawson que reconte o que ele nos disse e eles logo deduzirão qual será nosso próximo passo.

– Que é, presumo, viajar até a Ilha Grebe.

– Excelente, Watson – Holmes sorriu. – Esse é o fim de nossa jornada e será, eu prevejo, o cenário para a cena final neste drama sombrio.

– E Melmoth e Felshaw?

– Não temos de nos preocupar muito com esses dois sombrios pássaros agora. Certamente não os perderemos. Estranho, não é, Watson? Estamos em uma situação única: desta vez, os criminosos estão nos perseguindo, em vez de o contrário. – Meu amigo deu um de seus estranhos risinhos e seus olhos brilharam com diversão sardônica. – No entanto, chegará o momento em que seremos obrigados a renovar nossa familiaridade com o recentemente falecido, o Sr. Sebastian Melmoth e seu cúmplice bastante desagradável, Tobias Felshaw. É um momento que eu espero com prazer.

* * *

Enquanto entrávamos na cidade de Londres, no início da tarde, Dawson abria a porta principal da Cedars a dois visitantes inesperados. Eram estranhos a ele. Um dos homens deu um passo à frente, empurrando Dawson sem cerimônias de volta para o hall, enquanto o outro fechou a porta atrás deles. O mais dominante dos dois homens era alto, com um rosto redondo e pálido emoldurado por longo cabelo loiro. Ele aproximou-se de Dawson até que seus rostos estavam a poucas polegadas um do outro. O criado sentiu o doce aroma de uma forte água-de-colônia.

– Tenho algumas perguntas a lhe fazer – disse o homem sem problemas, com os lábios se partindo em um sorriso. Dawson não teve dificuldade em detectar a verdadeira ameaça em sua voz. – Responda-lhes plenamente, corretamente e sem hesitação e... – o homem fez uma pausa, franzindo os lábios e então, baixando a voz a um sussurro, acrescentou: – e então podemos deixá-lo viver.

* * *

Naquela noite Holmes e eu tomáramos um trem noturno de Euston e viajávamos para o norte para Penrith, a principal estação mais próxima até Ullswater.

– Este é o último trem até a manhã, portanto, com um pouco de sorte, isso deve dar-nos umas oito horas de vantagem sobre nossos amigos – ele observou quando nos sentamos em um compartimento vazio.

– A não ser, é claro, que eles contratem um trem especial.

As feições de Holmes escureceram.

– A não ser, é claro, que eles contratem um trem especial – repetiu ele melancolicamente. Pareceu-me que ele não havia pensado em tal possibilidade.

– O que acha que nos espera na Ilha Grebe?

– É difícil dizer. Há muitos aspectos desconhecidos neste caso para poder criar um conjunto de suposições lógicas confiáveis. Uma coisa é certa, no entanto: o interesse de sir George Faversham no manuscrito dos mortos ia além das paixões simples de um colecionador.

– O que quer dizer?

– Notou os livros nas prateleiras, em seu escritório?

– Vi que ele tinha uma grande coleção...

– Os títulos, homem, notou os títulos?

– Não posso dizer que sim.

– Havia uma seção inteira de tomos eruditos e apócrifos que lidam com os mistérios da morte e da vida após a morte. Havia livros sobre espiritismo, vampirismo, necromancia, reencarnação, tratados religiosos e filosóficos de muitos matizes e persuasões, todos lidando com o segredo da morte.

Senti uma mão fria agarrar meu coração quando vislumbrei a verdade desagradável que Holmes insinuava.

– Acha que Faversham queria o manuscrito dos mortos pela mesma razão que Melmoth: usá-lo para... para ressuscitar os mortos!

– Parece que sim. Como um arqueólogo tão brilhante poderia ser enganado a pensar que este papiro antigo poderia realmente dar-lhe o segredo da vida sobre a morte, abrir a porta para a imortalidade, eu não sei...

– Obsessão. Uma vez que uma pessoa fixa a mente em um determinado objetivo ou objeto, ela pode tornar-se clinicamente obcecada. A vítima é então vendada de lógica e razão; ela vê apenas seu objetivo. Melmoth tem essas características também. Ironicamente, mentes inteligentes são mais suscetíveis ao estado obsessivo.

— Obrigado, doutor. — Holmes acenou com a cabeça e me deu um sorriso. — Bem, se estamos corretos sobre Faversham, isso explicará por que ele manteve para si sua descoberta do manuscrito dos mortos por tantos anos. Não foi por suas qualidades históricas nem artísticas que ele o segurava contra o peito. Ele o via como um manual prático para escapar do túmulo.

— Mas ele está morto.

— Mas talvez ainda não em seu túmulo. O manuscrito não tinha utilidade para ele enquanto ele estivesse vivo. Mas agora...

— O que está dizendo?

Holmes se inclinou para frente, fechou os olhos e apertou seus dedos longos na ponte do nariz.

— Não tenho certeza do que estou dizendo, Watson, ou, para ser mais preciso, o que eu admito dizer, mas a evidência parece apontar somente para um caminho.

— Que é?

— Que Faversham confiou a seu secretário, John Phillips, seu filho "adotado", como Dawson o denominou, que executasse qualquer cerimônia que o manuscrito dos mortos ditasse, usando seu cadáver a fim de levantá-lo dos mortos.

— Céus, é obsceno! — Gritei.

Holmes suspirou.

— Obsceno e patético. Obsessão, como você observou tão astutamente. Obsessão sem recurso à razão, à lógica ou à moral. Obsessão selvagem e mal direcionada. — Holmes recostou-se e olhou para o céu noturno polvilhado de estrelas, meros buracos de alfinete nos céus, e suspirou. — É uma daquelas raras ocasiões, meu amigo, quando espero pelo próprio bem que minhas inferências estejam erradas.

* * *

— Entrem aqui, cavalheiros, e verei o que posso fazer por vocês.

O chefe da estação fechou a porta atrás dos dois jovens, isolando-se do ruído da estação movimentada. Ele acendeu uma lâmpada a óleo e consultou um grande livro, resmungando para si mesmo enquanto o fazia.

A CAMINHO

– Um trem especial para Penrith, vocês disseram?
Os dois cavalheiros não responderam.
O chefe da estação passou o dedo pelas várias colunas no livro.
– Sim – disse ele por fim, sorrindo –, acho que é possível. Sim, sim, é certamente possível.

* * *

Não dormi muito naquela noite. O vagão-leito era apertado e frio e minha mente estava repleta de pensamentos de pesadelo e imagens de caixões e cadáveres reanimados. Como estava amanhecendo, me vesti e fiquei no corredor com um cachimbo matinal e assisti a um novo dia florecer no interior da Cúmbria. Através das ferventes nuvens de névoa nas ravinas e vales, captei vislumbres de extensões de água veladas de cinza postas contra o cenário de colinas ondulantes tingidas de roxo, pontilhadas em suas partes baixas com grupos de árvores. Era uma paisagem selvagem e ao mesmo tempo repousante, e vê-la ficar mais brilhante a cada minuto conforme o sol subia acima das montanhas distantes tinha um efeito calmante e restaurador em mim. Eu estava tão fascinado por essa visão passageira de robustez e beleza naturais que não percebi que Sherlock Holmes juntara-se a mim.

– "Por isso ainda sou Um amante dos prados e dos bosques E montanhas; e tudo que vislumbramos Desta terra verde"[4] – entoou baixinho e acrescentou à guisa de explicação: – Wordsworth. Esta era sua terra: a terra das colinas e dos lagos.

Ficamos em silêncio por algum tempo admirando a paisagem passageira conforme o trem tremia e balançava subindo uma inclinação. Em seguida, com uma mudança rápida de humor, Holmes consultou o relógio.

– Chegaremos em Penrith em pouco menos de uma hora. Vamos nos retirar para o carro restaurante para o desjejum. Não tenho certeza de quando teremos a oportunidade de comer novamente.

---

4 Nota do tradutor: grifos do autor, marcando os versos no poema original de Wordsworth.

Depois de um desjejum completo com presunto e ovos, bacon e salsicha, torradas e café, Holmes abriu um mapa sobre a mesa do carro-restaurante.

– Como pode ver, Watson, Penrith está na ponta norte do lago Ullswater. A estrada principal corre para o lado oeste do lago, mas a Ilha Grebe, ali, fica a leste. Então, para acelerar nossa jornada devemos aproximar-nos pelo lado oriental do lago. – Ele apontou para uma linha oscilante fina no mapa, que corria ao longo da mancha azul de água. – Embora mais rápido, este percurso será mais difícil de seguir. Parece bastante básico. Suspeito que estas linhas marcadas aqui sejam apenas caminhos de terra. No entanto, em certa medida, esta será nossa vantagem. Eles nos permitirão uma maior cobertura caso precisemos.

Examinei o mapa de perto para me familiarizar com a localidade. Ullswater é um lago longo e desgrenhado, não muito diferente de uma meia torta. A Ilha Grebe, não mais do que um ponto preto no sombreamento azul no mapa, estava situada em direção ao extremo sul, onde o lago era mais largo.

– Parece haver um pequeno promontório aqui praticamente em frente à ilha – observei, identificando o local com minha faca.

– Sim, suspeito que haverá um pequeno cais com barcos utilizados para o acesso à ilha.

– Se não, estaremos em apuros – sorri.

– Bobagem – disse Holmes devolvendo meu sorriso. – Você sabe nadar, não é, Watson?

***

Penrith é a velha capital da Cúmbria, construída de pedra local no século IX. Ao sair da estação, não se podia deixar de ficar ciente de seu senso de história conforme passamos os edifícios robustos da região dos lagos, muitos dos quais remontam ao século XVI, rígidos monumentos à habilidade de seus arquitetos e construtores.

O céu estava azul, mas pontilhado com nuvens cinzentas esfarrapadas e um vento cumbriano afiado cortava através das dobras de nossos casacos. Embora um estranho na cidade, Holmes caminhava com razão, como se soubesse exatamente aonde ia.

– Buscamos um estábulo e o lugar mais provável para localizar um é o mercado.

– Como sabe que estamos caminhando na direção certa?

– Nenhum segredo, meu amigo. Obtive instruções do guarda enquanto você pagava por nosso esplêndido desjejum.

Realmente, não demorou muito até localizarmos o pequeno mercado local que estava movimentado com atividade. Eram logo depois das oito da manhã e vários lojistas abriam as cortinas, as portas, limpavam os balcões e arrumavam os produtos do dia. Trabalhadores e empresários atravessavam a pequena praça, correndo para seus locais de trabalho. Holmes e eu, movendo-nos em ritmo mais lento, completamos um passeio circular, mas não conseguimos espiar nenhum estábulo.

– Teremos de perguntar – anunciou Holmes e me levou para um canto da praça em direção a uma pequena loja com a fachada aberta, que tinha a placa "Joseph A. Cooper, Ferreiro" em letras pretas acima dela.

– Um ferreiro certamente sabe onde podemos encontrar um par de cavalos.

Joseph A. Cooper, um sujeito musculoso com bigodes de fogo que combinavam com o rosto vermelho e brilhante, cumpriu a previsão de Sherlock Holmes. Ainda empunhando uma ferradura incandescente com um par de pinças longas, ele interrompeu a tarefa para nos fornecer as informações de que necessitávamos.

– Vocês querem o Flinty O'Toole: ele é o melhor homem de cavalos aqui, é o velho Flinty – ele nos disse vivamente. – Ele mantém uma pequena propriedade em direção a Stocksbridge. Não serão mais de duas milhas da cidade. Dois saudáveis cavalheiros como vocês podem chegar fácil em uma hora. Digam a Flinty que Joe Cooper os enviou e ele os arranjará um par de bons matungos.

Depois que ele havia nos dado instruções detalhadas sobre como chegar à pequena propriedade de O'Toole, agradecemos ao ferreiro por sua assistência e partimos em ritmo acelerado. Logo tínhamos deixado os arredores da cidade e seguimos nosso caminho ao longo de estradas campestres primitivas onde a influência do século XIX ainda não fora sentida. Joe Cooper foi preciso em suas estimativas, pois dentro de quarenta minutos havíamos localizado o lugar de Flinty O'Toole. Ele era um pequeno irlandês com um comportamento agradável, uma tez curtida e brilhante e cintilantes olhos azuis. Ele logo nos arranjou um par de boas montarias e, meia hora mais tarde, Holmes e eu cavalgávamos pela costa oriental do Ullswater.

* * *

Naquela mesma manhã, perto da cidade de Londres, em uma igreja de subúrbio cinzenta, um pequeno funeral ocorria. Havia poucos enlutados, mas havia também uma presença policial discreta. Um pouco distante do túmulo estavam um sargento não uniformizado e seu superior, o inspetor Amos Hardcastle.

Quando o caixão que carregava o corpo sem vida de sir Alistair Andrews era rebaixado para a goela escura da sepultura, o jovem padre entoou:

– Aquele que crê em mim tem vida eterna.

Catriona Andrews, com o rosto coberto por um véu escuro, inclinou-se sobre a sepultura, sussurrou algumas palavras finais para seu pai antes de espalhar um punhado de terra sobre o caixão. Ela então soltou um gemido de desespero. Soou como o uivo de um animal selvagem ferido e cortou duramente o silêncio sepulcral do cemitério. Foi doloroso ouvi-la e até mesmo os corações dos policiais à espera foram tocados pelo grito angustiado. Eles inclinaram a cabeça em solidariedade.

E então, de repente, a moça estava em pé e com a rapidez de um galgo ela corria para longe através do cemitério, esquivando-se das lápides com grande destreza e velocidade. Tão súbita fora seu voo que tanto Hardcastle quanto seu sargento foram tomados de surpresa. Por alguns momentos eles foram pegos em uma espécie de torpor, enquanto lutavam para compreender o que haviam visto. Em seguida, o inspetor entrou em ação, puxando o jovem sargento consigo.

– Vamos lá, Porter. Pelo amor de Deus, ela não deve escapar – ele gritou, correndo na mesma direção que Catriona Andrews. O sargento seguiu o exemplo, sem a menor cerimônia pulando sobre o túmulo aberto, quase derrubando o clérigo atordoado no chão no processo.

Mas agora a moça havia, aparentemente, desaparecido completamente.

* * *

Não fosse o propósito de nossa expedição tão sombrio e sério, o passeio que fizemos pela costa do Ullswater teria sido mais refrescante e relaxante. Era bom estar em um cavalo novamente. Eu não montava desde meus dias no Afeganistão e ainda me sentia em casa na sela. Vê-se o mundo de uma perspectiva completamente diferente e bastante original das costas de um cavalo. Em outras circunstâncias, eu teria ficado muito feliz, mas sempre no fundo de minha mente estavam os pensamentos sobre os perigos desconhecidos que estavam por vir. O sol podia estar brilhando nas águas calmas e ondulantes e o cenário podia ser uma bênção para os olhos, mas essas coisas não poderiam apagar a crescente sensação de desconforto que sentia. Nem mesmo Sherlock Holmes poderia ter certeza do que provavelmente encontraríamos quando chegássemos a nosso destino. Contra essa incerteza, o ritmo suave de um cavalo trotando e a beleza da natureza não tinham poder.

– Parece que não terá de nadar afinal – gritou Holmes, interrompendo meu devaneio. Ele apontava à frente para onde um pequeno cais de madeira estendia-se para dentro do lago. Encalhados na costa por esta estrutura frágil havia três barcos a remo verdes.

Olhei através do lago e ali, praticamente ao lado do píer, a vi na distância: uma forma escura saindo da água brilhante: era a Ilha Grebe.

* * *

Flinty O'Toole lavava as mãos perto da bomba quando percebeu que estava sendo observado. E então uma sombra caiu sobre ele. Ele olhou para cima e viu-se diante de um estranho alto com longo cabelo loiro. No entanto, não foi a aparência do estranho que lhe deu um arrepio de medo nas costas. Foi a arma que o homem apontava para seu coração.

CAPÍTULO QUATORZE

A ILHA GREBE

Por alguns momentos olhamos para a pequena ilha, uma silhueta curva e escura subindo das águas como as costas de uma grande criatura do mar. Da margem, era impossível discernir quaisquer características detalhadas e não havia nenhum sinal de habitação; certamente não havia fumaça saindo de qualquer chaminé escondida. Parecia bastante inocente ao sol da primavera, mas eu me perguntava que estranhos e diabólicos segredos ela detinha.

Ao desmontar, Holmes e eu amarramos nossos cavalos aos pilares do cais e então começamos a arrastar um dos antigos barcos a remo para as águas rasas. Uma vez que a embarcação boiava na água, Holmes entrou a bordo, pegou os remos do fundo do barco e se posicionou como remador. Eu dei um empurrão na proa, que estava de frente para a margem, a fim de impulsioná-lo para dentro do lago antes de eu mesmo subir a bordo.

Com certa dificuldade, Sherlock Holmes manobrou o barco em direção à ilha e então partimos em nossa viagem.

– Estou um pouco enferrujado, eu acho – meu amigo gritou acima do som do vento e da batida e respingo dos remos. – Não remo desde meus tempos de universidade. – Ele puxava ambos os remos e depois de um tempo conseguiu criar um ritmo constante que colocou o barco em movimento através da água em um curso razoavelmente estável. Um observador casual teria pensado que ele era um cavalheiro urbano em um dia divertido no campo. Certamente, seu comportamento traía nada de qualquer propósito mais obscuro por trás de nossa excursão náutica. No lago, qualquer calor gerado pela luz do pálido sol amarelo que disfrutáramos na margem foi dissipado e o vento incisivo que abria a facadas seu caminho através das águas cortava nossa roupa com uma força assustadora. Enrolei meu casaco mais firmemente em mim para pouco efeito e estremeci quando o vento fustigou nossa pequena embarcação. A ilha ficava mais de meia milha da margem e era realmente pequena. Holmes puxava poderosamente os remos e fizemos um bom progresso. À medida que nos aproximamos, finalmente avistei a casa em Grebe através de um véu de árvores. Parecia ser um edifício estranho e circular e de desenho gótico simulado, com escuros vitrais cintilando para nós como enormes olhos piscantes.

– Qual é exatamente nosso plano de ação? – Chamei meu companheiro, que parecia completamente absorto em sua tarefa de remo.

– A situação é muito grave para subterfúgios – respondeu ele. – Devemos lembrar que o secretário de Faversham, Phillips, não é um criminoso. A meu ver, ele não tem nenhuma ligação com o roubo do manuscrito ou qualquer um dos assassinatos. Ele é apenas um sujeito equivocado executando as instruções de um homem que, sem dúvida, amava e respeitava. Devemos enfrentá-lo com a verdade, desagradável como possa ser. Precisamos também informá-lo de que ele é nossa isca para peixes maiores.

– Só espero que Phillips não tenha realizado alguma atrocidade no corpo morto de seu mestre.

– Seria lamentável, mas o que quer que tenha feito, teria sido realizado como um ato de devoção, não de profanação. No entanto, seu estado de espírito pode estar perturbado e seria bom ter sua pistola acessível, caso ele reaja violentamente a nossa intrusão.

Minha mão se fechou em torno da base de meu velho revólver em meu bolso. A sensação do metal duro frio me deu uma segurança reconfortante.

Logo nos aproximávamos do cais da Ilha Grebe, o gêmeo ao da margem. Holmes permitiu que o barco deslizasse em frente no último minuto até que ele alojou-se com um trincado nos pedregulhos. Nós o amarramos a um dos pilares de madeira do cais e nos movemos para terra firme mais uma vez.

A casa em Grebe situava-se a algumas centenas de metros da margem, em uma depressão parecida com um prato que, com a ajuda das árvores e do jardim selvagem e abandonado, tornava-a praticamente impossível de ver da margem do lago. Parecia nitidamente fora de lugar no ambiente verde e exuberante da ilha. Suas pedras enegrecidas e relevos ornamentados me lembravam uma pequena igreja na cidade, e não uma casa de campo. Havia uma grande dependência incongruente e de madeira ligada ao lado da casa.

Sem dizer uma palavra, encaminhamo-nos ao trilho de cascalho que nos levou a uma porta de carvalho substancial. Holmes tentou girar a maçaneta, mas a porta não se moveu. Ela estava trancada.

– Parece que teremos de fazer a nossa visita de modo muito formal – ele observou, puxando vigorosamente o grande sino. Nós ouvimos o ressoar distante nas profundezas da casa, mas não despertou resposta. Holmes perseverou com o sino por quase um minuto e então recorreu a martelar na porta.

Esperamos, escutando atentamente, mas os únicos sons que podíamos ouvir eram a surra da folhagem nas árvores sopradas pela brisa e o grito ocasional de um pássaro.

– Talvez não haja ninguém lá dentro – eu disse, por fim.

– Ah, sim, Watson, há alguém lá dentro. Estou convencido disso. Só espero que o tolo tenha o bom senso de nos deixar entrar – murmurou Holmes, impaciente. Ele puxou o sino de novo, enquanto eu golpeava a porta com meu punho. Finalmente, ouvimos um som de dentro. Era abafado e fraco a princípio e soava como passos. Eles pareciam estar se aproximando da porta de forma rastejante e lenta e, de repente, eles pararam. Houve um breve silêncio que foi seguido pelo rangido da chave virando na fechadura. Instintivamente meus dedos agarraram o punho de minha arma.

Lentamente, a porta de carvalho se abriu completamente. De pé, diante de nós, segurando um candelabro iluminado em uma mão trêmula, estava um jovem de cabelo escuro. Reconheci-o da fotografia que vira na Cedars. Era o homem que viéramos ver: John Phillips, secretário de sir George Faversham. Mas foi um choque observar a mudança que se operou na aparência de suas feições juvenis. Havia manchas prematuras de cinza em seu cabelo que pendia escasso em torno de rosto magro, branco e com barba por fazer. Os olhos sem brilho, com olheiras escuras por falta de sono, fitaram-nos de modo selvagem, furtivo e assombrado. Sua boca estava aberta, os lábios úmidos de saliva. Toda a aparência do rapaz, com os ombros curvados e o andar embaralhado, era a de um homem velho.

Ele olhou para nós por alguns momentos, sua boca trabalhando silenciosamente como se estivesse prestes a proferir alguma coisa, mas tinha ou esquecido o que era que estava prestes a dizer, ou não tinha certeza de como fraseá-lo. Na verdade, foi Holmes quem falou primeiro:

– Sr. Phillips, sou Sherlock Holmes e este é meu colega, o doutor Watson. Viemos aqui para ajudá-lo.

– Não! – Exclamou o jovem, de repente com uma ferocidade rosnadora, toda sua estrutura tremendo agora com uma animação febril e os olhos arregalados em suas órbitas. – Não! Devem ir. Estão perturbando meu trabalho importante. – Com um movimento desajeitado ele tentou fechar a porta, mas Holmes adiantou-se, impedindo-o. Segurando a maçaneta, Holmes forçou a porta a abrir e pressionou para a frente para que Phillips, então desafiado, não tivesse outro recurso senão dar um passo para trás para dentro da casa.

– Ou nos vê agora e o ajudamos – meu amigo anunciou com autoridade fria –, ou não teremos outra alternativa senão informar as autoridades que tem propriedade roubada nessas dependências e que está entregando-se a práticas não naturais e não cristãs com os mortos.

A boca de Phillips abriu-se e ele recuou ainda mais na escuridão do hall.

– Ai, meu Deus – ele gemeu, seus olhos revirando descontroladamente. Em torpor, ele cambaleou para trás, o braço livre atacando, tentando encontrar um meio de apoio. Ele não encontrou nenhum. Ainda trôpego, perdeu o equilíbrio e caiu no chão desmaiado, e o candelabro, liberado de sua mão, deslizou para a escuridão.

Corri em frente e ajoelhei-me a seu lado, tomando-lhe o pulso para testá-lo. Ele estava fraco e lento.

– Este homem está quase morto – eu disse enquanto Holmes juntava-se a mim a seu lado.

– É exaustão ou existem outros sintomas? – Ele perguntou, ajoelhando-se e segurando a cabeça do jovem em seus braços. Ele puxou para trás as pálpebras flácidas, mas apenas o branco com veias de sangue era visível.

Com a assistência de Holmes, removi o casaco de Phillips e examinei os braços em busca de sinais de injeções. Imaginei se seu estado exaustivo era devido a drogas, mas a pele estava lisa e sem mácula.

– É um tipo de exaustão – eu disse, por fim. – Provavelmente reforçada por tensão nervosa. Suas feições e o comportamento maníaco sugerem que ele não é uma pessoa forte, física ou mentalmente. Se o levarmos a um lugar quente e encontrarmos uma bebida revigorante, um conhaque talvez, ele deve recuperar a consciência.

Para minha surpresa, Holmes se levantou e sacudiu a cabeça.

– Não. Deixe-o onde está. Esta é uma excelente oportunidade para examinarmos essas dependências sem obstáculos.

Era típico de Sherlock Holmes colocar as considerações da investigação diante do bem-estar de um homem doente, ainda que tristemente equivocado. No entanto, neste caso, entendi a questão. Phillips não estava em perigo real e sua condição exausta realmente fornecia-nos essa oportunidade. Com a luz da porta aberta, avistei uma chaise-longue no final do hall. Sugeri que levássemos Phillips para lá e, pelo menos, ele estaria descansando confortavelmente. Holmes concordou e realizamos a tarefa.

Pegando o castiçal, ele o acendeu novamente.

– Obviamente, não há gás ou electricidade na ilha, assim este fraco bastão de cera será nossa principal fonte de iluminação. Vamos explorar.

E assim começou o tour da estranha casa redonda. Enquanto o sol brilhava no exterior do edifício, nos movimentávamos praticamente em total escuridão no interior. Consegui localizar outro castiçal para nos ajudar. Havia também as manchas desbotadas e brilhantes de luz do ocasional vitral, mas estas eram um débil auxílio em uma casa que de alguma forma parecia deleitar-se com sua própria escuridão interior.

Descobrimos que todas as salas estavam no andar térreo. A escadaria levava a uma galeria em torno da cúpula do edifício. Havia uma cozinha simples, uma sala de jantar, uma sala de estar e três quartos, todos os quais eram espartanos e ofereciam nada de especial interesse para nossa investigação. Em seguida, chegamos ao que era, obviamente, o escritório de sir George. Ele estava cheio de vários artefatos egípcios, incluindo ainda um outro sarcófago radiantemente dourado posicionado na parede do fundo da sala. Holmes pareceu particularmente interessado nele. Sacando sua lupa, ele o examinou de perto.

– Não acha que ele contém o corpo de Faversham, não é? – Perguntei.

– Duvido, Watson. No entanto, é interessante notar que este sarcófago só remonta ao período vitoriano inicial.

– O quê!?

– É só uma cópia um pouco melhor do que aquelas utilizadas em mostras secundárias para enganar o público crédulo. Aqui, pegue minha vela.

Fiz o que ele pediu e então, com as duas mãos, ele começou a tentar abrir a tampa. Ela se abriu com facilidade.

– Dobradiças modernas – observou Holmes com um sorriso irônico –, muito mais eficazes do que aquelas dos antigos egípcios.

O que foi revelado quando a tampa foi aberta foi uma grande surpresa para mim: não havia base no sarcófago. Tratava-se, essencialmente, de uma porta, uma porta engenhosamente escondida, a qual pude ver, conforme me movi para a frente com os castiçais, que levava a um lance descendente de escadas.

– Um porão escondido! – Exclamei.

– *Au contraire*[5], meu caro Watson. O termo porão é uma descrição mundana demais para o que está debaixo de nossos pés. Esta escadaria certamente leva à tumba secreta de Faversham.

---

5 Nota do tradutor: francês, "ao contrário".

Estremeci com essas palavras.

– Venha, vamos descobrir se minha dedução está correta.

Tomando um dos castiçais de mim, Holmes abriu caminho através da porta-sarcófago e começamos a descer a estreita escada de pedra. Os degraus curvavam-se em uma espiral e eram iluminados em intervalos por cintilantes lâmpadas a óleo posicionadas em reentrâncias na parede na altura do ombro. Utilizando-me de um hábito que eu adquirira com Holmes, eu contava os degraus; havia vinte e oito. Enquanto descíamos, eu não conseguia me livrar da impressão de que estávamos deixando para trás o mundo real da racionalidade e do bom senso e entrando em outro, estranho e pagão, de ameaças obscuras e loucura.

No fim da escadaria, nos encontramos em uma câmara de teto baixo iluminada por quatro altos braseiros, com suas ricas chamas vacilantes e gavinhas esfumaçadas lançando sombras misteriosas, dançando nas paredes de gesso. Como Holmes havia observado, a câmara era de fato uma réplica de uma tumba egípcia. As paredes eram decoradas com desenhos, pinturas vivas e tapeçarias daquela mística era do passado. Na outra extremidade da tumba, parecia haver um pequeno altar, contendo séries de pratos de barro contendo vários líquidos coloridos e, no centro, um pequeno caixão dourado. Pendurada atrás do altar estava uma grande tapeçaria que cobria toda a parede traseira. Era de cor azul e mostrava imagens em amarelo brilhante: um pássaro com cabeça humana que pairava sobre uma múmia.

– Assim como os egípcios que ele estudou e admirou por toda sua vida, sir George Faversham preparou-se para sua própria morte à sua moda – observou Holmes sobriamente. – Observe as pinturas murais retratando personagens importantes na fase de transição entre a vida e a morte. Há Anúbis, o deus com cabeça de chacal; veja também Osíris, deus dos mortos; e há nosso velho amigo, o escriba divino com cabeça de ibis, Tot.

Não conseguia me concentrar totalmente nas palavras de Holmes, pois minha atenção foi atraída pela estrutura colocada no centro da tumba. Era um grande caixão de pedra aberto, decorado do lado com esculturas de animais e aves e pilhas de milho. Dentro do caixão jazia o corpo de um homem nu. Ele parecia estar envolto, como um animal morto, no que à primeira vista parecia ser musgo, mas em uma melhor inspeção, vi que era um leito de finos cristais verdes.

Holmes segurou a vela sobre o cadáver.

– Sir George Faversham – ele disse suavemente. Como a chama tremulava de forma irregular, jogando pequenas sombras movediças no caixão, parecia que o corpo se movia, remexendo-se inquieto como se despertasse de um sono profundo. Estremeci com o conceito deste renascimento.

– Ele foi tratado pela arte do embalsamador – disse meu amigo em uma voz tensa de emoção. – Envolto em sal natrão para purificar e preservar o corpo e então – ele apontou para as cicatrizes vivas gravadas em toda a área do estômago – os intestinos são removidos, como é o caso aqui. O cérebro é normalmente removido por último, por um processo violento de puxá-lo parte por parte através do seio facial quebrado.

– Céus, é repulsivo!

– Pela aparência do crânio, parece que sir George escapou até agora desta indignidade.

– Mas como alguém poderia racionalizar este tratamento bárbaro com a ideia de conquistar a morte? A retirada das vísceras e do cérebro... como um homem poderia funcionar depois de ter sido massacrado desse jeito? Está além da lógica.

– A magia está além da lógica, Watson. Obviamente, Setaph falhou em sua tarefa de trazer os mortos à vida, mas acho que ele acreditava que poderia preservar o espírito dessa pessoa, o "ba" como os egípcios denominavam, representado ali na grande tapeçaria como o pássaro com cabeça humana. Assim preservado, o "ba" poderia então encontrar uma outra forma de existência, talvez outro hospedeiro. Para garantir que essa transição pudesse ser realizada, a cerimônia de embalsamamento tradicional era um procedimento necessário.

– Então, Phillips fez tudo isso?

– Sim, eu fiz.

Nós dois nos viramos com esta declaração para ver a estrutura magra e as feições pálidas de John Phillips, que estava em pé na base da escada. Com hesitantes passos inquietos, ele veio em nossa direção e olhou para o corpo de seu mestre no caixão, com as mãos agarrando-se dos lados como se para dar apoio.

– Pedi-lhe para ser racional – disse ele. – Pedi-lhe para reconhecer que as palavras de Setaph eram os escritos de um homem amargo que havia falhado em sua missão de conquistar a morte. Eu disse a ele que o manuscrito dos mortos era apenas uma ladainha desesperada de patranhas, uma camuflagem arcana para encobrir o fracasso de Setaph. – Phillips balançou a cabeça vigorosamente. – Mas não, sir George não ouvia. Ele realmente acreditava que tudo o que fosse feito com o corpo, a concha terrestre, não tinha nenhuma consequência, desde que o espírito sobrevivesse. Este poderia então habitar uma outra concha e levantar-se como se de um sonho para uma nova vida.

Lágrimas rolavam pelo rosto do jovem e seu corpo estremecia de emoção. Holmes e eu permanecemos em silêncio, permitindo a Phillips a oportunidade de libertar-se do terrível fardo sob o qual ele sofria.

– Ele me fez prometer que realizaria a cerimônia exatamente como prevista por Setaph em seu pergaminho maldito. O que eu poderia fazer? Eu o amava. Essas eram suas crenças e eu não poderia trair sua confiança... Eu não poderia quebrar minha promessa, mesmo que eu soubesse que estava profanando seu corpo. Mesmo que... Pelo menos ele morreu com esperança...

Eu só sentia compaixão por este jovem que havia sido impulsionado por sua devoção e amor por seu mestre equivocado a realizar os atos mais terríveis de sacrilégio sobre o corpo do homem com quem ele mais se importava no mundo. A coragem altruísta para aceder aos pedidos de sir George foi notável e não era de admirar que o companheiro era agora um homem partido.

– Eu... eu estou contente que chegaram, cavalheiros – ele continuou. – Sua presença agora me impede de ir mais longe com esta cerimônia monstruosa. Agradeço sua restrição. – Ele deu uma risadinha nervosa e então, com a manga de seu casaco, enxugou uma fina trilha de saliva do queixo. – Façam de mim o que quiserem.

– Onde está o manuscrito dos mortos? – Perguntou Holmes vivamente.

Com movimentos vacilantes, como se estivesse em transe, Phillips foi até o lado mais distante da câmara, onde o altar estava. Do pequeno caixão dourado ali, ele tirou uma série de documentos amarelados e esfarrapados e estendeu-os para nós com as mãos trêmulas, com lágrimas nos olhos. – Eis, cavalheiros – disse ele –, aqui está a causa desta calamidade. Aqui está o manuscrito dos mortos.

– Esplêndido – gritou uma voz atrás de nós. – Chego no momento mais oportuno.

Ao som dessa voz nova, mas familiar, virei-me para encarar as feições pálidas e malévolas de Sebastian Melmoth. Ele estava na base da escada com uma arma na mão e um sorriso largo no rosto.

CAPÍTULO QUINZE
A PERSEGUIÇÃO

Melmoth se deslocou mais para dentro da câmara e, conforme ele fez isso, seu cúmplice, Tobias Felshaw, emergiu das sombras da escada atrás dele. Felshaw, com um sorriso arrogante e fino arranhando seus lábios, segurava uma pequena bolsa de couro em uma mão e uma arma na outra.

– Bem, cavalheiros, isso tudo é bastante acolhedor – anunciou Melmoth expansivamente, com tom untuoso. Seu aparente comportamento agradável apenas dissimulava sua verdadeira natureza.

– As viagens terminam no encontro de amantes[6], hein, Sr. Holmes? E ainda assim não parece surpreso em me ver.

– Realmente, não estou surpreso – meu amigo respondeu uniformemente. – No entanto, eu o esperava mais cedo.

O sorriso de Melmoth ampliou-se.

– Asseguro-lhe de que eu tinha a intenção de estar aqui mais cedo, mas sabe como esses trens especiais não são confiáveis. Ainda assim, parece que o momento de nossa chegada foi muito oportuno. Sr. Phillips, observo que segura em sua mão a *raison d'être*[7] de minha visita. – De repente, o sorriso desapareceu e as feições escureceram. – Agora, senhor, faça a gentileza de me passar o manuscrito dos mortos.

---

6 Nota do tradutor: citação de Shakespeare.
7 Nota do tradutor: francês, "razão de ser".

Phillips, com a mente ainda mais confusa pela súbita chegada desses dois estranhos, ficou parado, olhando fixamente para os intrusos.
– Quem é o senhor? – Ele perguntou em voz baixa.
– Temo, senhor, que não temos tempo, nem tenho a inclinação para tais sutilezas. – Os olhos brilharam com ameaça. – Agora entregue o manuscrito.
Phillips ainda não se mexia. Ficou claro para mim que seu fracasso em cumprir as exigências de Melmoth era motivado mais por um sentimento de perplexidade do que de desafio.
– O manuscrito – reiterou nosso adversário, mostrando claramente irritação intensa em sua voz.
– Por quê? – Perguntou Phillips.
– Porque eu tenho uma arma e o senhor não – exclamou Melmoth, repentinamente, disparando sua pistola de raiva, e a bala errou por pouco a cabeça de Phillips. O som do tiro encheu a câmara baixa, reverberando como um trovão teatral. Felshaw avançou e pegou os documentos de papiro da mão hesitante do secretário atordoado e colocou-os na bolsa de couro. Ele então empurrou Phillips ao chão e acertou-lhe um golpe covarde com a coronha da pistola. O jovem tropeçou para trás contra o altar com um grito de dor, mas manteve a consciência.
– Seu demônio! – Eu gritei, dando um passo à frente, em um esforço para ajudar o homem ferido.
– Pare onde está! – Latiu Melmoth, levantando sua pistola e apontando-a para mim. – Não seja tolo, doutor. Isso não é hora para heroísmos fúteis.
– Tolo! – Gritei de raiva. – O senhor é o único tolo, Melmoth. É o único que está preparado para matar e ferir pessoas inocentes como quiser só para pôr suas mãos em umas folhas desbotadas de papiro inútil.
– Garanto-lhes que estas folhas desbotadas, como as chama, não têm preço. Elas abrem uma porta sombria para uma nova vida, uma vida que não é circunscrita pela morte.
– Realmente é um tolo, Melmoth, se acredita nisso. Olhe para sir George Faversham. – Apontei para o cadáver no caixão de pedra.

— Não há vida ali. Ele é apenas um homem morto, cujo corpo foi mutilado no curso das cerimônias de Setaph.

Melmoth não havia registrado totalmente a presença da figura sombria no caixão e, ao vê-lo corretamente pela primeira vez, seu rosto empalideceu. Felshaw também pareceu nervoso com a visão do cadáver cheio de cicatrizes e ensanguentado e deu um passo para trás.

— Os intestinos foram removidos — continuei. — Como pode haver renascimento quando os órgãos vitais estão faltando? Este cadáver nunca se levantará e desfrutará de uma vida nova.

— Claro que não — respondeu Melmoth finalmente, sua compostura restaurada. — O processo completo não foi realizado. Seu "ba" não foi salvo. E agora, é claro que nunca será. Outros colherão os benefícios do segredo de Setaph.

— Watson está certo — interrompeu Holmes calmamente. — Olhe para a mutilação. Será que está preparado para correr esse risco? Será que sua crença neste documento antigo é tão forte que se submeterá a tal carnificina em busca de uma verdade incerta?

Melmoth olhou mais uma vez para o cadáver no caixão. A visão parecia tanto fasciná-lo quanto horrorizá-lo, tanto que ele não conseguiu responder à provocação de meu amigo.

— Se realmente acredita que esses farrapos amarelados de papiro podem trazer-lhe uma espécie de imortalidade — continuou Holmes —, então não é apenas tolo: é louco.

— A loucura é objetiva, meu caro senhor. Como nós, meros mortais, estamos qualificados a julgar quem é louco ou são? Jogamos com medidas arbitrárias insignificantes que em mil anos podem provar o contrário das crenças atuais, e nenhum julgamento provavelmente seja correto. A verdadeira loucura é genial e esse é o caminho que eu sigo. A morte não é o fim; é apenas uma transição para algo melhor, algo mais maravilhoso. Eu busco ardentemente por essa antiga verdade, que os antigos sábios conheciam, mas que foi perdida para o mundo moderno. Entretanto, Sr. Holmes, sou sensato e realista o suficiente para perceber que seria tolo e imprudente assumir riscos sem necessidade. Digamos que experimentaremos primeiro antes de submeter-nos a este teste final. Outros terão a oportunidade de pas-

sar por aquela porta mágica para a maravilhosa vida após a morte antes de nós mesmos.
– Mais assassinatos.
– Dar uma nova vida não é assassinato, Sr. Holmes, é uma bênção. Felshaw foi até seu amigo e puxou-o pela manga.
– Vamos, Seb, não desperdice palavras com esses vermes. Temos o que viemos buscar, não vamos nos atrasar.
– Palavras de sabedoria, como de costume, meu caro Toby. O que eu faria sem você? – Assim dizendo, ele plantou um pequeno beijo na testa de Felshaw. – Muito bem, cavalheiros, devemos deixá-los. Por favor, não tentem nos seguir. Não haverá motivo. Destruímos todos os barcos no cais exceto um e vamos nos valer dessa embarcação para nossa fuga. Venha, Toby.

Ao chegar na base da escadaria, Melmoth se virou para nos encarar novamente, com os olhos brilhando. Ele abordou Holmes em um tom suave, quase sussurrando:
– Chegou muito perto, Sr. Holmes, muito perto. Mas, eu temo, não perto o suficiente. – Com um aceno da mão, ele recuou até as escadas de forma lânguida como se, agora na posse do manuscrito de Setaph, a sensação de desespero e urgência que havia controlado seus pensamentos e ações por tanto tempo dissolvera, lavada por seu triunfo. A busca de seu próprio Santo Graal pessoal acabara e o sorriso beatífico que iluminava seu rosto revelava claramente como ele saboreava o momento. Felshaw seguiu-o, indo para trás, a arma apontada para nós até que ele desapareceu na curva da escada. Sacando o revólver, comecei a ir atrás deles, mas, quando fiz isso, Felshaw jogou uma das lâmpadas a óleo que eram usadas para iluminar a escada. Ela caiu para dentro da tumba, quebrando no chão de pedra. O derramamento de óleo e as chamas espalharam-se como tentáculos amarelos gananciosos, imediatamente agarrando algumas das tapeçarias penduradas. Em poucos segundos, elas estavam acesas e ondulando com línguas de fogo. Mais duas lâmpadas foram lançadas abaixo, aumentando a crescente conflagração.

Em pouquíssimo tempo, a fumaça preta e sufocante começou a acumular-se no porão e um calor feroz rodeou-nos conforme o fogo propagava-se. Logo a saída pela escada era uma cortina brilhante e impenetrável de chamas cor-de-laranja. Meu coração afundou. Estávamos presos na câmara ardente.

Phillips cambaleou para a frente e agarrou o braço de Holmes.
– Há outra saída – ele gritou, engasgando com a fumaça. – Uma passagem secreta. Ajude-me. – Ele arrastou Holmes à parede traseira da tumba por trás do altar e começou a puxar com força a grande tapeçaria que cobria toda a parede e fora presa à alvenaria. Holmes se juntou a ele em seus esforços e eu corri para ajudá-los.

Eu estava consciente do fogo crepitante e crescente em força atrás de nós. Enquanto eu puxava com toda minha força a tapeçaria, minha testa inundava-se com transpiração. A tumba agora tinha a intensidade de um forno e as chamas vorazes cuspiam e estalavam conforme avançavam sobre nós. Olhei para trás brevemente e vi através da névoa de fogo o corpo de sir George Faversham deitado no sarcófago aberto, começando a escurecer e assar. Afastei-me: era uma visão nauseante.

Com um puxão unificado de todos os três, a tapeçaria finalmente desceu para revelar a entrada de um túnel. Tinha cerca de três pés de altura.

– Sir George mandou construi-lo especialmente. Ele tinha terror de ficar preso na tumba – gritou Phillips acima do barulho das chamas. – É perfeitamente seguro. Ele leva à dependência.

– Aplaudo sua previsão – disse Holmes enquanto empurrava Phillips para dentro do túnel. Fui em seguida e Holmes pegou a traseira, justo quando o mar de fogo começou a envolver a entrada. Tivemos de rastejar em nossas mãos e joelhos, mas, pelo menos pelas primeiras vinte jardas, pudemos ver o ambiente por causa da luz amarela tênue que irradiava da conflagração que deixáramos para trás na boca do túnel. Finalmente, conforme a passagem secreta virou e torceu e então subiu lentamente, entramos na completa escuridão. É verdade que foi uma experiência estranha, rastejar sobre as mãos e os joelhos em um vazio negro com as únicas sensações sendo o toque do chão úmido e áspero e o som sem corpo da respiração ofegante de meus companheiros; era claustrofóbico também, com as paredes estreitas e teto baixo de alguma forma estranhamente tangíveis e opressivos no escuro total.

Movíamo-nos como autômatos em silêncio. Nosso progresso era constante, mas lento. A fumaça já ondulava-se pela passagem, como se o fogo a estivesse usando como chaminé. Aumentamos nossos esforços, mas tínhamos de parar de vez em quando para Phillips descansar e acumular energia para a próxima fase. Na realidade, só levamos cerca de dois ou três minutos para chegar ao outro lado, mas, naquele momento, naquela escuridão vendada e esfumaçada, pareceram horas.

Finalmente a passagem nivelou-se novamente e logo nos deparamos com um eixo vertical. Uma fraca luz entrava para baixo vinda de cima, iluminando uma escada de madeira fixada à parede do poço. Desta vez, Holmes foi o primeiro e subiu com entusiasmo a escada. Em instantes, ele puxava Phillips e eu através de um alçapão para um grande galpão de madeira. Holmes e eu corremos para a janela e observamos Felshaw e Melmoth se aproximando do cais. Obviamente, depois de ter-nos eliminado, ou assim eles pensavam, em sua arrogância eles agora não viam necessidade de correr da cena. Iam até a margem como se fizessem uma caminhada no Parque St. James.

– Rápido, Holmes. Se corrermos atrás deles...

– Estão muito longe – veio a resposta rápida. – Estariam no lago antes de chegarmos a eles e não temos barco com o qual persegui-los! – Ele bateu a palma da mão contra a parede de frustração.

– E isto aqui, cavalheiros? – Gritou Phillips, levantando uma lona de uma estrutura na extremidade do edifício. A lona caiu para revelar uma embarcação de aparência estranha, com as linhas gerais de uma grande canoa.

– Que diabos é isso? – Exclamei, enquanto nós dois corríamos para examiná-la.

Phillips iluminou-se. Era como se nossa aventura dramática o libertasse de seu mal-estar.

– É uma réplica em tamanho real da barcaça funerária da rainha Henuttawy.

* * *

A PERSEGUIÇÃO

— Muito obrigada, tia Emília — disse Catriona Andrews, quando ela tomou a xícara de chá oferecida a ela. — É tão gentil de sua parte me acomodar por alguns dias enquanto papai está em viagem de negócios. Fico muito grata à senhora por receber-me quando cheguei em um estado tão angustiado e sem qualquer bagagem.

— Não foi nada, minha querida, mas eu insisto que consulte um médico sobre o estado de seus nervos. Precisa de um tônico ou uma poção para ajudá-la a relaxar.

— Asseguro-lhe de que estou me sentindo muito melhor agora, tia. — Ela tentou dar um sorriso fraco como que para provar sua afirmação.

A velha senhora olhou para ela através dos óculos com haste. Examinando as feições pálidas e retraídas e os olhos conturbados da jovem, juntamente com sua roupa amarrotada e lamacenta, ela estava longe de estar convencida de que a moça estava "se sentindo bem". No entanto, ela sorriu docemente e ofereceu a Catriona um bolinho.

* * *

— Este galpão era a oficina de sir George e este barco era seu orgulho e alegria — John Phillps disse-nos com vigor renovado. — Ele levou mais de dois anos para construi-lo. Ele baseou sua construção nos planos originais encontrados na tumba de Henuttawy.

Estudei a embarcação estranha. Tinha uns nove ou dez pés de comprimento e quatro pés de largura no ponto mais largo, com duas estruturas decorativas parecidas com leques em cada extremidade que se curvavam como a ponta de um chinelo persa gigantesco. Não era diferente na aparência a uma gôndola italiana, mas devo confessar que parecia muito menos robusta. Ao contrário da gôndola, não se podia descer para dentro porque o convés ficava como uma plataforma na parte superior do barco.

— Será que flutua? — Perguntei.

— Não foi testada. Sir George queria completar a pintura dos símbolos necessários na barcaça antes de testá-la no lago. — Phillips indicou um friso meio completo de imagens douradas pintadas na lateral. – No entanto, os egípcios não tinham dificuldade de velejar nesses navios.

Holmes bateu no casco.

– Construção de papriro?

– Certamente – sorriu nosso companheiro, que agora havia recuperado a maior parte de sua compostura e, na verdade, parecia estar se divertindo.

– Bem, Watson – disse Holmes, de maneira uniforme –, está comigo para uma pequena viagem no lago?

Foi com relativa facilidade que Holmes e eu levantamos a embarcação dos suportes em que descansavam e a levamos para as grandes portas duplas na traseira da oficina. A leveza do barco aumentou minhas dúvidas não proferidas sobre sua confiabilidade na água. Esses pensamentos foram captados por Holmes.

– Bem, ele é feito de papel – ele observou com um sorriso irônico.

Pegando dois remos em forma de colher de um suporte na parede, Phillips correu a nossa frente e abriu as portas duplas através das quais nós prosseguimos para o sol mais uma vez. Enquanto íamos em direção ao cais, avistamos Melmoth e Felshaw em seu barco a remo a cerca de cinquenta jardas da margem, puxando furiosamente seus remos, alheios a nossas ações.

– Podemos ainda dar a nossos amigos a surpresa de suas vidas – sorriu meu amigo.

Depois, veio o processo de lançamento. Com alguma temeridade Holmes e Phillips, cada um segurando um dos apêndices em forma de leque em cada extremidade dessa embarcação estranha, abaixaram-na na água. Por um momento, ela balançou e flutuou incerta, batendo contra as escoras do cais e então, milagrosamente, se estabilizou.

– Estes remos impulsionam a embarcação e os manejamos como o faríamos com uma canoa comum – explicou Phillips –, mas por causa da construção da barcaça, temos de ajoelhar-nos no convés, descansando em nossos quadris, a fim de manipulá-los.

Rapidamente concordamos que Phillips e eu manejaríamos os remos, enquanto Holmes, melhor no tiro do que eu, ficaria na proa pronto para usar sua arma se a ocasião surgisse. Um a um entramos na embarcação nunca testada. Ao fazermos isso, momentaneamente a água espalhou-se sobre o convés e o barco inteiro balançou angustiantemente conforme assentava-se mais fundo na água. Ele tinha a flutuabilidade errática de uma rolha de cortiça. Uma vez a bordo, havia apenas um espaço de três ou quatro polegadas entre o nível da água, que batia dos lados, e o nível do convés.

Sentei-me em meus quadris e agarrei meu remo em prontidão.

– *Bon voyage*[8] – gritou Phillips e bateu na água com o remo. Eu fiz o mesmo. O barco balançou e então, com suavidade surpreendente, disparou para a frente na água. Descobri, para minha grande surpresa, que era extremamente fácil de manobrar e, dentro de instantes, senti uma confiança crescente em nossa viagem, tanto que me pertmiti dar uma olhada para trás para a ilha. Vi que as chamas já haviam atingido o piso térreo daquela estranha casa redonda: as janelas, antes escuras, agora brilhavam de amarelo com o contágio do fogo. Não demoraria muito antes que o edifício se entregasse ao fogo e os tesouros e mistérios egípcios ali alojados seriam perdidos para sempre. Com tristeza, virei-me e tirei esses pensamentos da cabeça. No momento, havia assuntos mais urgentes.

Eu não era o único a observar a destruição feroz. Melmoth também virara-se para testemunhar seu trabalho. Ele estava muito longe ainda para eu distinguir suas feições claramente, mas pude deduzir por seu corpo enrijecido e a mão erguida que ele nos observara a seguir sua esteira.

Holmes latiu uma risada.

– Cheguei muito perto, Sr. Melmoth, e vou chegar ainda mais perto – ele anunciou alegremente.

Melmoth gritava alguma coisa para Felshaw, que estava no comando dos remos. A princípio, o jovem barão congelou enquanto olhava, sem dúvida com grande surpresa, em nossa direção e então ele galvanizou-se em ação, puxando os remos com toda a força. Ficou claro para mim que, apesar de suas lutas hercúleas, ele estava longe

---

8   Nota do tradutor: francês, "boa viagem".

de ser bom na arte de remo. A embarcação movia-se erraticamente, arrastada pelos movimentos irregulares dos remos. Estimei que nossos antagonistas estavam apenas a umas quatrocentas ou quinhentas jardas da terra, mas rapidamente nos aproximávamos.

– Acho que o melhor plano é que nós cheguemos à margem antes de nossos amigos e então podemos dar uma agradável festa de boas-vindas para eles – disse Holmes.

– É possível – gritou Phillips. – A velocidade desta embarcação é incrível. Sir George ficaria muito orgulhoso.

Agora estávamos muito perto do barco de Melmoth. Eu podia vê-lo debruçado na popa, com o rosto encoberto de ira, com o braço estendido, apontando um revólver para nós.

– Afastem-nos – gritou Holmes –, não cheguem muito perto.

Enquanto ele falava, uma bala assobiou perto de meu ouvido.

Felshaw, deixando cair os remos momentaneamente, juntou-se a seu companheiro e disparou também.

Desta vez, uma das balas atingiu o lado do barco. Houve um baque surdo e a embarcação inteira mergulhou momentaneamente e então se endireitou. Inclinei-me para o lado e observei um buraco chamuscado do tamanho de um soberano. Ficava na linha da água e conforme o barco balançava para frente e para trás, a abertura mergulhava sob as ondas, permitindo que a água entrasse no casco.

– Mais um tiro assim e talvez não cheguemos à margem – gritei. Eu havia recém proferido essas palavras quando outra saraivada de tiros foi disparada. Felizmente, eles atingiram a água, longe do alvo.

– Temos de revidar fogo – gritou Holmes. Ajoelhado, ele firmou sua arma e disparou. A bala atingiu Felshaw no ombro direito. Ele deu um grito selvagem de agonia e, apertando a ferida, caiu de lado, inclinando o barco a remo violentamente. Com um grito inarticulado de fúria, Melmoth disparou dois tiros desesperados contra nós. O barulho ecoou sobre as águas agitadas do lago, mas as balas passaram voando por nós, sem danos. O tiro seguinte de Melmoth foi mais preciso. A bala rasgou através do lado do casco. A princípio, o dano não parecia grave, mas então ficou óbvio que estávamos reduzindo a velocidade e a barcaça se tornara mais difícil de manobrar. Então

A PERSEGUIÇÃO

notei que começáramos a inclinar lentamente, enquanto a água gradualmente começava a cobrir o convés.

Agora Felshaw conseguira levantar-se e, enquanto segurava seu ombro, ele atirou contra nós mais uma vez, gritando alguma jura ao mesmo tempo. O vento soprou suas palavras para longe, mas a bala acertou Phillips na perna. Ele deu um grito de dor e caiu para a frente no convés e então começou a deslizar para a água. Largando rapidamente meu remo, peguei seu casaco e puxei-o com firmeza para o centro do convés onde ele ficou de bruços em transe.

Holmes revidou fogo mais uma vez. Desta vez foi Melmoth que foi ferido. A bala acertou no braço esquerdo. Ele emitiu um berro de agonia e cambaleou para trás, caindo sobre o assento e batendo com a cabeça na proa do barco. Em uma tentativa desesperada para alcançar seu amigo, Felshaw desequilibrou-se e caiu na água. Em poucos segundos ele se debatia e golpeava descontroladamente, com a boca aberta em gritos frenéticos. Ficou claro que ele não sabia nadar. Como um homem embriagado, Melmoth levantou-se, obviamente ainda um pouco atordoado, e estendeu a mão do lado do barco. Ele esticou o braço direito em direção a seu companheiro, mas o sujeito estava tão assustado que não conseguiu responder. Pegando um remo, Melmoth ofereceu-o como meio de puxar Felshaw de volta ao barco. Estava a poucos pés dele, mas agora Felshaw estava completamente histérico, gritando de pânico e desespero. Seus braços se agitavam freneticamente enquanto sua cabeça desaparecia brevemente sob as águas turvas.

Enquanto observávamos essa pantomima grotesca, nosso barco começou a afundar. O casco foi lentamente se enchendo de água e o convés já deslizava sob as ondas.

No entanto, Sebastian Melmoth perdera todo o interesse em nós; toda sua atenção estava centrada em seu companheiro que se afogava. Gritava para ele, acenando com o remo cada vez mais perto do homem desesperado, instruindo-o a agarrá-lo, mas Felshaw agora era incapaz de agir racionalmente. O pânico total congelara suas capacidades mentais e tudo o que podia fazer era remexer-se na água, uivando como uma criança assustada. Mais uma vez a cabeça de Felshaw, boquiaberto de terror, afundou sob a superfície do lago. Desta vez ele não reapareceu.

Melmoth deu um rugido de desespero e saltou na água em uma tentativa selvagem de alcançá-lo, mas Felshaw não ressurgiu. Melmoth nadava em desespero, chamando o nome do amigo. Não houve resposta. As frias e plácidas profundezas do Ullswater reivindicaram uma vítima.

Agora nosso convés estava praticamente submerso e eu remava furiosamente para a margem. A água chegou ao rosto de Phillips enquanto ele estava deitado de bruços sobre o convés e isso devolveu-lhe a consciência. Sentou-se, sacudiu a cabeça para clarear o cérebro e, embora seu rosto estivesse contorcido com a dor de seu ferimento, bravamente ele pegou o remo para retomar suas funções. Mas era tarde demais, pois ao fazê-lo, o corpo principal do barco ficou abaixo do nível da água e começou a virar de lado.

– Pulem para se salvar – gritou Holmes e saltou na água conforme a proa começou a desaparecer no lago. Agarrando o braço de Phillips, puxei-o comigo para as ondas geladas. A água fria foi um choque para meu organismo e eu arfava para respirar. Brevemente minha cabeça escorregou para debaixo d'água, mas eu agarrei minha carga e logo Holmes veio em meu auxílio. Entre nós, ajudamos Phillips a chegar à margem a cerca de cinquenta jardas de distância.

Minutos depois, cambaleávamos nos pedregulhos, arrastando nosso companheiro conosco. Apesar do frio e de nossas roupas estarem pesadas com a água, Holmes e eu estávamos bem considerando o nado. Voltei minha atenção para Phillips. O jovem ainda estava consciente, mas parecia bastante atordoado. Arrastamo-lo à posição sentado e eu examinei a perna ferida. Era pouco mais do que uma ferida aberta e não haveria nenhum dano permanente. Uma vez que este fato foi estabelecido, juntei-me a Holmes, que voltara para a beira da água. Ele olhava para o lago para o pequeno barco a remo. Melmoth finalmente abandonara a busca por seu afogado confederado e subia de volta a bordo. Ele ficou parado por alguns instantes olhando para nós e então começou a remar o barco.

– O que ele está fazendo? – Perguntei quando percebi que ele remava para longe da margem, de volta para a ilha.

CAPÍTULO DEZESSEIS

A MAIOR AVENTURA DE TODAS

Holmes não respondeu a minha pergunta, mas olhou, com as sobrancelhas franzidas, para o lago.
– O que ele está fazendo? – Repeti, conforme o barco de Melmoth começou a ganhar impulso, recuando da margem.
– Não tenho certeza, Watson. Seus planos estão em desordem e, portanto, ele não está pensando logicamente. Teremos de segui-lo para descobrir.

Em minutos, Holmes e eu arrastáramos um dos barcos a remo verdes restantes do cais e íamos para o lago, mais uma vez seguindo na esteira de nosso adversário, Sebastian Melmoth. À distância, a silhueta da Ilha Glebe brilhava estranhamente. Raias da fumaça negra subiam como dedos escuros no céu da tarde. No coração das densas nuvens onduladas, podia-se vislumbrar clarões amarelo-brilhante de fogo: o coração do inferno. Ficou claro que a casa em Glebe era consumida pelo fogo e sem dúvida logo o contágio se espalharia para as dependências e mais além até a beira d'água. A ilha já não detinha benefício algum como refúgio ou esconderijo para Melmoth. Eu disse isso a Holmes.

Ele assentiu com a cabeça.

– Ele sabe muito bem que não tem meios reais de fuga, então temo que esteja prestes a realizar um grande gesto simbólico.

Olhei a nossa frente para o contorno escuro do barco de Melmoth e então percebi que estava parado. Tendo chegado ao centro do lago, ele cessara de remar.

Ele esperava por nós.

Lentamente, com gestos suaves e regulares movimentos dos remos, Holmes trouxe nosso barco a poucos metros de distância de Melmoth. Com nossa aproximação, ele se levantou, trêmulo, e se virou para nos encarar. Suas feições estavam retraídas e abatidas. Fora-se o semblante suave e sedoso e, certamente, não havia nenhum vestígio do sorriso beatífico e triunfante que eu vira mais cedo naquele dia; foram substituídos por uma máscara de raiva frustrada e uma loucura incipiente. No entanto, os olhos, agora encapuzados, ainda brilhavam de arrogância e desdém. Em uma das mãos ele segurava a bolsa de couro contendo o manuscrito dos mortos e na outra ele segurava a pistola. O sangue fresco brilhava na manga do casaco, vindo do ferimento que Holmes infligira nele mas, quando ele olhou para nós sobre esse curto trecho de água, isso não parecia preocupá-lo.

– Não cheguem mais perto, cavalheiros – gritou ele, com a voz estranhamente uniforme e sem emoção. – Peço-lhes, por favor, que mantenham distância e assim podemos manter esta reunião... amigável. – Ele apontou a arma diretamente para meu amigo.

– Acredito que chegou a hora em que seria mais prudente e sensato aplicar a razão fria e dura a seu pensamento, Melmoth – disse Holmes, de pé na proa de nosso barco. – Entregue-se agora sem nenhum problema e passe-me o manuscrito dos mortos. Agir de outra forma seria inútil.

Melmoth sorriu sombriamente e considerou as palavras de Holmes.

– Razão fria e dura. Sim, isso sempre foi sua força, Sherlock Holmes, e sua fraqueza. A razão exclui o improvável, o impossível. É bom para resolver crimes, mas muito restritivo para resolver os maiores mistérios da vida. A razão não permite sonhar sonhos e buscar além do conhecido. No entanto, devo admitir que eu deveria ter prestado atenção aos avisos que me foram dados sobre seu envolvimento neste caso. Eu realmente deveria tê-lo deixado em paz. Mas a ideia me atraiu tanto, entende. Fazer o maior campeão da lei e da ordem trabalhar para mim sem saber era um conceito tão delicioso que eu simplesmente não consegui resistir. O Sr. Sherlock Holmes, o famoso detetive consultor, resolveria o mistério para mim: o malfeitor neste caso. A inversão foi tão atraente. Meu pequeno capricho, no entanto, foi minha ruína: com seu brilhante cérebro de detetive, o senhor descobriu minha fraude. Como resultado, meus planos, meus sonhos, minhas aspirações são como cinzas na lareira por causa de sua maldita "razão fria e dura". E por sua causa, a única pessoa que já amei está no fundo deste lago maldito.

– Ele está lá por sua causa – Holmes respondeu simplesmente. – Se jogar o jogo do assassinato, a morte é frequentemente a multa que se deve pagar.

– Ah, pretendo pagar a multa. Mas primeiro tenho outro dever a cumprir. – Com um movimento brusco, ele moveu o braço esquerdo em um movimento circular e então, com toda sua força, ele lançou a bolsa de couro. Ela voou alto no ar e depois caiu com um respingo agudo para dentro do lago. Ela afundou imediatamente.

Ele deu uma risada grosseira e amarga antes de abordar-nos mais uma vez.

– Estou consignando o manuscrito dos mortos de volta para a escuridão oculta à qual ele pertence – ele gritou.

– Um gesto egoísta – observou Holmes com moderação notável.

– Ah, certamente, mas sinto que estou autorizado a um pouco de egoísmo neste momento, um momento em que estou finalmente pronto para avançar na maior aventura de todas.

Com lenta deliberação, ele colocou o cano da pistola na boca e puxou o gatilho.

O tiro ecoou nas águas calmas do lago.

CAPÍTULO DEZESSETE
EPÍLOGO

O penhorista Archie Woodcock sorriu para si mesmo quando a jovem entrou em sua loja. Ela vacilara na calçada em frente por cerca de dez minutos. Ele começara a fazer apostas consigo mesmo para saber se ela criaria coragem suficiente para entrar ou não. Agora, aqui estava ela, em pé diante de seu balcão. Ele vira o tipo dela antes. Uma dama de classe média que, por qualquer razão, caíra em tempos difíceis. Elas odiavam a ideia de ter de recorrer a um penhorista, a fim de garantir fundos necessários. Não era apenas a perda de um item, mas também um símbolo de seu deslize para a pobreza. Inevitavelmente, o que quer que penhorassem tinha grande valor sentimental, fosse um anel, um colar, um porta-retratos de prata ou alguma outra bugiganga pessoal. Archie Woodcock se perguntava que item esta bela e jovem dama, com o vestido de veludo verde gasto lhe ofereceria.

– Então, minha cara, como posso ajudá-la? – Ele perguntou com sua voz mais insinuante, inclinando-se sobre o balcão.

– O senhor tem uma arma na janela – veio a resposta firme e confiante. – Eu gostaria de comprá-la.

* * *

O inspetor Hardcastle não estava satisfeito com Sherlock Holmes. Ele vestia-se de um olhar carrancudo e mal-humorado e sua boca estava virada para baixo em uma careta irritada.

— Deveria ter me mantido informado — ele rosnou, enquanto sentava-se em frente a nós em nossos aposentos da Baker Street, dois dias após nossa aventura no Lake District. No entanto, ficou claro para mim que as bravatas do homem da Scotland Yard eram apenas um disfarce tênue para um ataque de ressentimento pessoal por não ter se envolvido na ação, roubando-lhe, assim, a oportunidade de reivindicar parte do crédito pelo resultado efetivo do caso. De fato, para Sherlock Holmes, o inquérito chegara a uma conclusão razoavelmente bem-sucedida. A polícia da Cúmbria conseguira pescar os dois corpos do lago e depois despachou-os para o necrotério da Scotland Yard, assim, como Holmes previra, Hardcastle teve seus dois vilões e o carrasco fora poupado de dois trabalhos. Seguindo o conselho de Holmes, a polícia vasculhara a casa citadina de Melmoth e encontraram o pergaminho roubado do Museu Britânico, e este agora fora devolvido a um encantado sir Charles Pargetter.

— Mas perdeu o manuscrito dos mortos — lamentou o policial.

— Não exatamente — suspirou Holmes. — Sei onde ele está localizado: no fundo do Lago Ullswater, mas reconheço que seja irrecuperável.

— Exatamente, Sr. Holmes. Irrecuperável é a palavra.

— Um fato que, devo admitir, me agrada.

— O quê!? — Gritou Hardcastle, com um rubor de indignação colorindo suas bochechas.

— Era uma obra do mal, escrita por um homem mau; um documento falso, criado para enganar as almas equivocadas e corruptas que desejam enganar a morte. É melhor deixar na lama preta no fundo do lago.

— Até pode ser, Sr. Holmes...

— Ah, pelo amor a Deus, Hardcastle, não fique tão infeliz. Tem os homens e o manuscrito foi recuperado...

Por um momento, o policial olhou ferozmente para meu amigo e então suas feições suavizaram e ele conseguiu dar a Holmes um breve sorriso.

— De certa forma suponho que esteja certo — disse ele com um suspiro de resignação. — E devo admitir que lhe tenho uma dívida de gratidão por seus esforços...

— É muito gentil dizer isso — gritou Holmes, esfregando as mãos.

EPÍLOGO

– Watson e eu estamos sempre prontos para saltar e ajudar a Scotland Yard.

– Infelizmente – disse o policial, com as feições escurecendo novamente –, não posso encerrar o caso ainda. Há uma parte faltando no quebra-cabeças.

– Hein?

– A senhorita Catriona Andrews.

* * *

Era cedo naquela noite quando recebi a intimação. Holmes e eu acabáramos de terminar uma das refeições especiais da Sra. Hudson e fomos relaxar perto do fogo. Nossa senhoria sempre sentia que competia a ela preparar-nos um suntuoso banquete quando nos afastávamos da Baker Street por mais de um dia. Era como se ela não confiasse em nós para comer corretamente, uma vez que estávamos fora de seu alcance. Holmes, como sempre, comeu com moderação, mas eu consumi a refeição com prazer.

– Temos de ficar fora com mais frequência – brinquei, jogando meu guardanapo e afastando minha cadeira da mesa.

– Não acho que você possa se dar ao luxo de ganhar mais peso, velho amigo. Preciso de você ágil e em forma. Uma semana de mimos da Sra. Hudson logo fariam você rolar, ao invés de correr atrás dos vilões.

Quando terminamos o resto do vinho, nossa conversa se voltou para nossa aventura recente e suas consequências.

– É bastante triste – observou meu amigo – quando duas pessoas essencialmente decentes como sir Alistair e sua filha vão para o lado do mal. Eles foram corrompidos por sua própria ganância egoísta, essa toupeira viciosa da natureza. "Suas virtudes desprezadas, sejam elas tão puras quanto a graça, Tão infinitas quanto o homem é capaz, Devem no censo geral corromper-se por essa falha particular."[9]

– Acha que Hardcastle alcançará a moça Andrews?

– Ah, sim. Ela não é uma criminosa experiente. Não há esconderijos permanentes para ela. Tenho certeza de que dentro de um mês,

---

9 Nota do tradutor: grifos do autor, marcando as linhas nos versos de Shakespeare.

se não antes, ela estará de volta sob custódia da polícia. Essa é uma perspectiva bastante sombria para ela, eu temo.

– Creio que você sinta pena da moça – eu disse.

Holmes apertou os lábios e suspirou.

– Creio que sim, Watson, creio que sim.

Naquele momento houve um toque suave na porta e a Sra. Hudson entrou.

– Há uma mensagem para o senhor, doutor Watson. Um jovem mensageiro entregou-a agora.

– Para mim? – Eu disse, com alguma surpresa, tomando a mensagem e lendo-a. – Ah, é de Thurston, meu parceiro de bilhar. Ele quer que eu o acompanhe no clube hoje à noite para o que ele chama bastante cripticamente de "um jogo muito especial".

– Deveria ir, Watson, isso o ajudará a relaxar após as tensões e trabalhos de nossos últimos dias. E uma caminhada ao clube o ajudará tremendamente a por para fora os efeitos da esplêndida mesa da Sra. Hudson.

Nossa senhoria deu uma risada e começou a limpar a mesa.

– Acho que está certo, Holmes, sobre me ajudar a relaxar, pelo menos. Eu irei.

* * *

Deixando Holmes debruçado sobre umas velhas anotações de casos, parti para meu clube às oito horas, sem saber no momento que minha partida era observada.

A noite estava agradavelmente quente, então eu segui a sugestão de Holmes e caminhei para o clube. Cerca de vinte minutos depois, eu me registrei e fiz perguntas sobre Thurston. O porteiro me informou que meu amigo não era visto no clube há vários dias. No entanto, havia uma mensagem para mim de outro cavalheiro que não era membro. Ele me entregou um envelope lacrado que tinha meu nome, escrito a mão de forma fluida. Era uma letra que reconheci imediatamente. A mensagem era de Sherlock Holmes!

* * *

EPÍLOGO

O relógio recém marcara oito e quinze quando a porta da sala de estar do número 221B da Baker Street abriu-se em silêncio e uma figura sombria parou na entrada da sala. O gás queimava baixo e Sherlock Holmes lia um maço de papéis com o auxílio de uma lâmpada a óleo situada em uma mesa próxima.

A figura, uma silhueta escura e vaga, ficou alguns momentos observando o detetive, que, tão envolvido com sua leitura, aparentemente, deixara de notar a chegada de seu visitante furtivo.

E então, sem olhar para cima de sua leitura, ele falou baixinho, abordando o intruso:

– Feche a porta, minha cara, e sente-se perto do fogo.

Com movimentos lentos e deliberados, Catriona Andrews fez como lhe foi ordenado.

Holmes largou os papéis e se virou para olhar para a mulher de rosto branco que sentou-se na beirada da cadeira em frente a ele.

– Eu a esperava – disse ele em voz baixa. – Eu a observei esta tarde de minha janela. Passou pela porta cerca de três vezes. Sua intenção de visitar-me estava clara, mas obviamente decidiu que seria melhor fazê-lo sob o manto da escuridão... e quando eu estivesse sozinho. Aquela mensagem para Watson era evidentemente falsa e criada...

– Sim, sim – retrucou a senhorita Andrews. – Não estou interessada em suas deduções. Não vim aqui para ouvi-las. Tenho outro motivo.

– Vingança.

Ela assentiu com a cabeça.

– Vim para matá-lo – ela anunciou simplesmente, puxando um revólver de sua bolsa e apontando-o para o detetive.

– Não posso deixar de pensar que sua animosidade é equivocada, senhorita Andrews. Sem dúvida me culpa pela morte de seu pai...

– Sem dúvida. Certamente não tenho dúvida.

– Mas será que isso é racional? Será que a culpa não racai sobre si?

A ideia surpreendeu tanto a moça que ela não conseguiu responder.

– Será que não deveria ter impedido seu pai de se envolver com Sebastian Melmoth em primeiro lugar? Sir Alistair era um arqueólogo respeitado e capaz. Será que não podia ver que ele estava arriscando sua reputação, sua liberdade e sua vida ao envolver-se com aquele malfeitor? O sonho, o desejo febril de descobrir o manuscrito dos mortos de Setaph subjugara seus melhores julgamentos, mas a senhorita... poderia ser mais objetiva. Não estava cega pela mesma paixão. Sabia dos perigos. Sabia que o que ele planejava, o que ele concordou em fazer era errado. Poderia tê-lo avisado. Deveria tê-lo impedido. – A voz de Holmes era forte, até mesmo apaixonada, mas agora ele fez uma pausa e acrescentou de forma simples e calmamente: – Mas a senhorita não o fez.

– Tentei no início – a moça disparou –, mas ele não quis ouvir. Seu desejo o consumia. Era como uma doença, uma dor que precisava de alívio. Ele viu a oferta de Melmoth como sua última chance. No fim, eu não podia negar-lhe isso. Se eu o tivesse feito, ele teria me afastado de sua vida e eu não poderia suportar isso. Eu o amava, entende, eu o amava com todo meu coração e alma. – Ela sacudiu a cabeça com raiva, seus olhos agora molhados de lágrimas. – Mas o senhor... o senhor não entenderia isso, não é? Amor. Não pode fazer uma dedução sobre o amor. O amor não pode ser analisado, colocado sob o microscópio ou anotado em um caderno. O que sabe do mundo real, com pessoas reais e paixões reais, Sr. Sherlock Holmes? Senta-se aqui em sua sala seca e empoeirada trabalhando em pistas e teorias, nunca considerando a dor, a angústia e a tragédia nas quais seus casos estão embebidos. Pessoas são apenas peças do quebra-cabeças para o senhor, como figuras sobre um tabuleiro de xadrez. Desde que o mistério seja resolvido, o senhor não tem nenhuma consideração sobre como suas vidas são afetadas por suas ações. Não se importa.

Holmes foi surpreendido por este ataque contra si.

– Pode estar certa – disse ele, por fim. – Tenho pouca experiência com paixões emocionais, amor como as chama. É muito irracional para meu gosto. Mas tenho entendimento e empatia e estou bem ciente de que está sofrendo com uma grande carga de culpa. A culpa que está tentando colocar em mim. Mas isso não funcionará, senhorita Andrews, porque sua honestidade e decência básicas dizem-lhe que está errada. Sou um detetive. Minha tarefa é rastrear malfeitores. A senhorita e seu pai envolveram-se em atividades criminosas. Eu os segui. Onde está a culpa nisso? A culpa recai sobre seu pai e si

EPÍLOGO

mesma. E se seu pai não podia ser persuadido a agir de outra forma, como diz, então isso a livra da culpa também, e a culpa é exclusivamente dele.

A moça deu um riso amargo e levantou-se, movendo-se para trás, para a porta.

– Faz parecer tão plausível, Sr. Sherlock Holmes, tão razoável, como uma de suas deduções. Mas, como disse, a paixão não tem razão e minha paixão é a vingança. – Ela segurou a arma com o braço esticado e preparou-se para disparar.

* * *

Apressadamente, eu li o recado de Holmes e fugi do clube. Eram quinze para as nove quando eu chamei uma carruagem e ordenei ao cocheiro que voasse como o vento para Baker Street, 221B.

* * *

– Matar-me não resolverá nada, senhorita Andrews – disse Holmes, sua voz permanecia calma e razoável, apesar do fato de que um revólver visava seu coração. – Construa para si mesma uma versão dos acontecimentos após minha morte. A senhorita não tem porto seguro para o qual possa voltar. A Scotland Yard está em seu pé e é apenas uma questão de tempo antes que seja recapturada, mas desta vez assassinato será adicionado a seus crimes. Como é que isso a ajuda ou a seu pai? Certamente, o mundo não entenderá sua necessidade ou seu motivo para me matar por vingança. Sua sentença de morte estaria assegurada. O esquema todo é uma loucura. Largue a arma e se entregue e enfrente a punição que lhe for dada com dignidade e coragem que deixariam seu pai orgulhoso de si. E então pode começar a construir uma nova vida para si mesma. Esse é o melhor curso de ação. Estou certo de que é o que seu pai queria.

Catriona Andrews aproximou-se do detetive, suas feições nubladas com uma mistura de emoções, e por um momento a arma vacilou em sua mão e ela começou a abaixá-la para o lado. E então, repentinamente a raiva brilhou em seus olhos e ela levantou a arma novamente. Com a mão trêmula, ela apontou para Holmes mais uma vez. Desta vez, ela armou o gatilho. O som parecia encher a sala inteira.

* * *

Ao entrar no 221B, subi as escadas o mais rápido que pude e escutei na porta de nossa sala de estar, onde pude ouvir uma voz feminina alterada de raiva. Sorrateiramente, abri a porta.

* * *

— Aconteça o que acontecer comigo, e simplesmente não me importa agora, pelo menos ficarei contente de saber que coloquei uma bala através do coração do Sr. Sherlock Holmes. — O dedo de Catriona Andrews começou a apertar o gatilho.

— Ah — disse Holmes com um sorriso, olhando para além da jovem para as sombras perto da porta aberta —, Watson, velho amigo, hora perfeita, como sempre.

A irrupção de meu amigo desconcertou a jovem o suficiente para fazê-la hesitar. Num impulso, ela virou-se justo quando eu realizei um ataque de rugby contra ela, levando-a a cair ao chão. Quando ela bateu no chão de nossa sala de estar, a arma disparou com um barulho ensurdecedor e a bala alojou-se no gesso do teto.

* * *

Holmes deu um suspiro pesado e serviu dois grandes conhaques.

— Depois das aventuras desta noite, acho que ambos merecemos uma recompensa substancial — disse ele, entregando-me um copo e sentando-se a minha frente perto do fogo. Fazia cerca de duas horas de meu regresso oportuno à Baker Street. Neste ínterim, tivemos de lidar com as perguntas frenéticas da Sra. Hudson sobre o tiro e então enfrentar seu discurso sobre a prática de armas de fogo em nossa sala de estar, junto com a chegada de Hardcastle e dois policiais para

EPÍLOGO

escoltar a senhorita Andrews à Yard. Felizmente, ela se foi tranquilamente e sem dizer uma palavra. Holmes não fizera qualquer menção sobre seu ataque assassino contra ele e já colocara a arma da jovem em seu pequeno museu, fora de vista.

– Para falar a verdade, Holmes, estou mais do que um pouco irritado com você – eu disse com a voz rouca, depois de tomar um gole de conhaque.

Holmes comoveu-se com um ar de leve surpresa.

– Hein? Por que isso, meu caro amigo?

– Em primeiro lugar, por não me ter em sua plena confiança desde o início. Sabia que a jovem o visitaria esta noite e que ela poderia muito bem representar uma ameaça para sua vida...

– Realmente, eu sabia. Ficou claro para mim que ela era a autora do recado fingindo ser de Thurston. Ela queria que você saísse do caminho para que ela pudesse lidar comigo sozinha. Mas ela não teria se aventurado se você estivesse por aqui, ou se escondendo nas sombras esperando para atacar. Você sabe como é ruim nessas coisas. Eu tinha de estar sozinho, sem nenhum indício de uma armadilha ou subterfúgio. Eu também não queria colocá-lo em uma posição de risco ou perigo.

– Mas você arranjou que uma mensagem fosse entregue no clube explicando tudo.

Holmes acenou com a cabeça, satisfeito.

– Mas e se eu não tivesse chegado a tempo?

– Eu sabia que poderia mantê-la falando e eu tenho total confiança em seu entusiasmo.

– Um minuto depois e você teria sido morto – eu respondi, ainda irritado. – Será que parou para pensar em como eu me sentiria se eu fracassasse? Se você fosse baleado, teria sido culpa sua por ser excessivamente confiante e arrogante, mas eu teria sido deixado a arcar com a culpa. Nunca pensa além de si mesmo.

Holmes abaixou a cabeça e olhou para sua bebida por um momento, antes de me olhar diretamente nos olhos.

– Não é a primeira pessoa a fazer essa observação esta noite. Eu humildemente peço perdão, meu caro Watson. Tem toda a razão sobre eu não ter considerado a possibilidade de você fracassar – ele sorriu. Entende, você nunca o fez e eu vim a contar com isso.

Não pude deixar de sorrir em resposta.

– Tudo deu certo, mas peço-lhe que no futuro não seja tão imprudente e me inclua em seus planos.

– Eu me esforçarei para fazê-lo.

Sentamo-nos por alguns momentos em silêncio. Fiquei satisfeito que acertamos as contas, embora eu não tivesse nenhuma ilusão de que Holmes agiria de forma diferente no futuro. Sua brilhante independência de espírito e ação eram seu gênio e sua fraqueza e eram partes inatas de sua personalidade. Alterá-las seria mudar o homem e eu certamente não tinha vontade de fazê-lo.

– O que acha que acontecerá com Catriona Andrews? – Eu disse, por fim.

– Com um bom advogado e uma alegação de circunstâncias atenuantes de responsabilidade diminuída, não creio que a dama definhará por muito tempo ao desejo de Sua Majestade. Uma vez que ela tenha superado a morte de seu pai, terá de reconstruir sua vida que, como uma jovem forte e brilhante, tenho certeza de que o fará.

– Se isso acontecer, ela será a única sobrevivente deste triste negócio.

– De fato. Este caso foi povoado de indivíduos que buscaram conquistar ou enganar a morte e agora o ceifador os tem prisioneiros. A vida apresenta desafios e prazeres suficientes sem a necessidade de mergulhar neste mistério em particular. Ele vem rápido demais do jeito que é. "Tudo tem seu tempo determinado, e há tempo para todo propósito debaixo do céu: há tempo de nascer e tempo de morrer".

Assim dizendo, meu amigo virou-se e olhou para as chamas amarelas brilhantes do nosso fogo.

COLEÇÃO
AS NOVAS AVENTURAS DE
Sherlock Holmes

O CASO HENTZAU

Abajour Books

www.abajourbooks.com.br
www.dvseditora.com.br